CUANDO EN SUEÑOS DIGO TU NOMBRE

Victoria Paraiso

Autopublicado

Los personajes y eventos que se presentan en este libro son ficticios. Cualquier similitud con personas reales, vivas o muertas, es una coincidencia y no algo intencionado por parte del autor.

ISBN: 9788409753734

Diseño de la portada de: Maria Ruiz
Impreso en la UE

Este libro no existiría sin el amor y el apoyo de muchas personas: Julia y Laia (mis princesas, que siempre serán mis niñas tengan la edad que tengan), Arancha y Marian (mis compañeras de juegos, de infancia y mi familia adulta), Angelines y Paco (mis tíos, que me han hecho sobre todo de padres, a los que recuperé en el momento más salvajemente duro de mi propia historia), Roberto (la primera persona que creyó en mi cuando era una adolescente asustada, abriéndome los ojos a un futuro diferente y que ha vuelto a mi vida siglos después removiéndolo todo -otra vez-), esas amigas que siempre han estado conmigo (cerca y lejos, pero siempre a mi lado), Patrice (oui, c'est toi), Paola (gracias por tu sinceridad y apoyo), y todas esas personas que estan en mi corazon, aunque no las nombre. Y, por supuesto, todas mi lectoras y, especialmente, mis lectoras beta.

Gracias a todos.

CONTENIDO

CUANDO EN SUEÑOS DIGO TU NOMBRE

CAPÍTULO 1

Carlos

Un sábado de septiembre.

La casa huele a café requemado y a miedo. Un miedo doméstico, invisible, pero tan pegajoso como el aire de las mañanas en las que todo puede salir mal. Hoy es el día de la boda de mi hijo Pablo, y la felicidad pesa como un abrigo mojado. Debería estar orgulloso, sí, pero debajo de la sonrisa siento el vértigo de lo que no decimos, la grieta silenciosa que atraviesa esta familia.

Carmina avanza por el pasillo como si comandara un ejército en retirada. Revisa el plan una vez más: el traje de Pablo, los centros de mesa, la llegada de la fotógrafa, el peinado imposible. Sus tacones repiquetean con autoridad. Cuando pasa junto a la puerta del dormitorio de Pablo, resopla y me lanza una daga:

—¿Y si tu hijo no se levanta? ¿Pretendes que llegue en vaqueros a su propia boda?

Sé que no vale la pena discutir. Hay batallas que se pierden antes de empezarlas, y el día de la boda de tu único hijo es el peor momento para librarlas. Respondo con un gesto mudo y me escabullo hacia la habitación de Pablo.

Lo encuentro sentado en la cama, con el móvil en la mano y la mirada perdida. El traje cuelga del armario, ignorado. Vuelve la imagen de cuando era pequeño y tenía miedo de que los Reyes

Magos no llegaran nunca.

—¿Mal día para casarse? —le pregunto, fingiendo ligereza.

Él fuerza una media sonrisa, pero le tiembla el labio.

—Tengo la sensación de que todo el mundo espera algo de mí, papá.

—Siempre esperan algo, hijo —digo, y ni sé si le hablo a él o a mí mismo—. Haz lo que te haga feliz. Es lo único que importa.

—La quiero a morir, papá, pero tengo miedo de no ser capaz de estar a su altura.

La duda se le queda cosida a la cara y a mí me sacude el recuerdo de mi propia boda, del miedo, de los silencios. Yo, al contrario que mi hijo, no estaba tan seguro de amar a Carmina hasta el punto de pasar con ella el resto de mi vida ¿En qué momento nos volvimos tan expertos en fingir?

La casa despierta de golpe. Voces, flores, risas nerviosas, el perfume de Carmina compitiendo con el de las rosas frescas. Por un instante me detengo en el pasillo, ajeno al bullicio, sintiendo que el futuro de Pablo comienza justo cuando el mío se ha quedado atrás.

El timbre suena. Respiro hondo, me ajusto la chaqueta. Salgo a recibir a los invitados preguntándome, no por primera vez, si algún día tendré el coraje de romper el molde en el que yo mismo me he encerrado.

No siempre fue así. Antes de Pablo, antes de esta casa llena de ecos, yo soñaba con una familia grande, con ruido, desorden y vida en las paredes. Carmina no quería hijos, pero aceptó uno, "por ti, Carlos". Y así fueron las cosas: negociadas, templadas, nunca apasionadas. La paternidad me salvó, en parte. Fui padre a tiempo completo cuando Carmina trabajaba lejos, y esos años con Pablo fueron lo más parecido a la felicidad que recuerdo de mi vida de casado.

Pero cuando Carmina volvió de su trabajo en un juzgado de Extremadura, se aferró a Pablo con la devoción de quien no soporta perder lo poco que siente suyo. Desde que empezó a salir con chicas, nunca le gustaron sus novias. A todas las destripaba: demasiado tímidas, demasiado alocadas, demasiado lo que fuera. Hasta que llegó Sira, y por primera vez se quedó sin argumentos. La chica era intachable. Eso fue para Carmina la mayor traición.

Llevo años sosteniendo a esta familia con hilos invisibles, aguantando el desdén, la amargura, la rabia sorda de mi mujer al ver que su único hijo también sabe irse. No se lo digo, pero a veces me gustaría huir yo también.

Hoy, mientras Pablo se prepara para empezar su vida, yo intento recordar cuándo fue que la mía empezó a quedarse quieta.

Carlos

Tres años antes.

Esa tarde estaba escrita en el aire como un examen final. Pablo, inquieto desde hacía días, me había pedido consejo para presentar oficialmente a Sira. Sabía que la situación podía ser tensa, sobre todo para Carmina—y, si era sincero, también para mí.

Le sugerí que lo hiciéramos fácil, sin protocolos ni formalidades. Nada de restaurantes con mantel de hilo ni sobremesas eternas. Su propuesta: una barbacoa en el jardín de la casa vieja de mis padres. Solo los cuatro, carne al fuego y la excusa perfecta para que el humo disipara cualquier silencio incómodo. Acepté sin dudar. Pensé que, al menos, allí podríamos ocultar las miradas tensas tras los vasos de vino y las bromas de sobremesa.

A mediodía, Carmina y yo preparamos la mesa bajo los plátanos, organizando platos y copas con una precisión casi militar. Mientras ella discutía con el carbón y se quejaba sin cesar de la humedad y las avispas, yo me refugiaba en la logística, intentando anticipar cualquier chispa. Pablo había ido a buscar a Sira y yo, lo admito, sentía un nudo en el estómago que no lograba soltar.

Cuando escuché el portón abrirse y las risas de Pablo, supe que todo empezaba de verdad. Sira apareció tras él: pelo largo, castaño muy claro con reflejos de sol, vestido sencillo y unas alpargatas que parecían hechas para esa tarde. Traía una energía limpia, una sonrisa que desarmaba y unos ojos llenos de asombro y curiosidad. Saludó a Carmina con una delicadeza que parecía improvisada y, a mí, con una naturalidad capaz de desarmar a cualquiera.

Durante el aperitivo, mientras el aroma de la carne subía del fuego, la observé de reojo. Sus gestos me resultaban misteriosamente familiares. Se reía con Pablo de cualquier tontería, pero escuchaba a Carmina con respeto, incluso cuando ella le lanzaba preguntas-trampa, y respondía con esa cortesía suave de quien sabe moverse en territorio hostil sin perder la sonrisa. Su forma de mirar a Pablo era tan luminosa que dolía. Era imposible no notar el hilo invisible que los unía: la mano de él rozando la suya por debajo de la mesa, una frase murmurada al oído, una carcajada compartida solo entre los dos.

Carmina, lejos de contagiarse de ese ambiente, se fue encogiendo cada vez más en sí misma. Vi cómo apretaba la mandíbula, cómo fingía interés, cómo se aferraba a los rituales de anfitriona para evitar enfrentarse a la verdad: Sira no era solo una novia pasajera; era diferente, era real, y Pablo ya no le pertenecía.

La comida transcurrió entre anécdotas de universidad y preguntas sobre el trabajo de Sira. Descubrimos que era bióloga molecular, y hablaba de investigación con una pasión contagiosa.

Pero a Carmina nada de eso la ablandaba. Cada respuesta de Sira era analizada y pesaba en el aire. Cuando recogimos la mesa, intenté tender un puente.

—Es una chica fantástica, ¿no te parece? —susurré a Carmina al oído.

Ella resopló, apenas disimulando el enfado.

—Demasiado perfecta, quizá. Creo que lo tiene demasiado controlado.

Por primera vez, sentí que las trincheras estaban abiertas. Le contesté, más cansado que enfadado:

—Carmina, Pablo tiene derecho a vivir su vida. No podemos protegerlo de todo.

Ni me miró. En sus ojos, yo ya pertenecía al "bando contrario".

Carmina sirvió el café con una declaración de guerra:

—Sira, solo te pido que me dejes ver a mi hijo al menos un día por semana —soltó, de sopetón, con voz tensa.

Sira no se inmutó. Sonrió con madurez y dulzura.

—Carmina, tu hijo no es propiedad de nadie, ni mía ni de nadie. No pretendo apartarlo, solo compartir la vida con él.

Pablo y yo apenas respirábamos. Carmina, acorralada, murmuró algo sobre "las chicas de ahora" y, sin más, se levantó de la mesa y se fue llorando, dejando la silla caer. El silencio se hizo denso.

Fui tras ella. Llamé suavemente a la puerta de nuestro dormitorio. Solo obtuve su voz cortante:

—Déjame en paz ahora que soy tu enemiga.

Volví a la mesa y esta vez fue mi hijo quien se levantó para intentar hacer entrar en razón a su madre. Cuando nos quedamos solos, Sira me puso una mano sobre mi brazo, cálida y serena.

—No te preocupes, Carlos. Pablo me avisó de que podía pasar algo así. No debe ser fácil dejar marchar a un hijo único.

Le agradecí el gesto. Por primera vez, sentí que Sira ya era parte de la familia, porque había sabido responder con empatía y dignidad.

La conversación giró entonces hacia otros recuerdos. Le pregunté, intrigado:

—Sira, ¿nos conocíamos de antes? Me resultas familiar.

Ella asintió, divertida.

—Fui becaria en tu laboratorio. Me llamaban Sissi.

Reí, sorprendido por la coincidencia. Hablamos de ciencia, de vocaciones, de caminos cruzados.

Poco después, Pablo volvió a la mesa, sonriente y aliviado de ver que todo, pese al drama, seguía adelante.

El sonido de la risa de Sira —limpia, fresca, honesta— acabó por contagiarnos a todos. Incluso Carmina, ya más calmada, regresó y, aunque de mala gana, pidió disculpas. Sira, con una calma admirable, le puso la mano encima y le susurró:

—No te preocupes. No sé cómo reaccionaré yo si un día tengo un hijo y se casa.

Por primera vez sentí que, en esa tarde de trincheras y temores, habíamos abierto una puerta nueva. No una familia perfecta, pero sí una familia real.

CAPÍTULO 2

Pablo

Por fin ha llegado el día que tanto he deseado. Esta noche seré el marido de Sira. Cuando la conocí pensé que era un sueño inalcanzable. La veía de lejos mientras tomaba algo con sus amigas en el mismo bar de la Zona al que yo acudía con mi pandilla. Cada semana ansiaba que llegara el sábado para poder contemplarla, sin atreverme a hablarle.

La primera razón es que Sira es casi cuatro años mayor que yo, y a esa edad se trataba de una diferencia insalvable.

La segunda, totalmente objetiva desde mi punto de vista, es que una diosa no se fijaría nunca en alguien del montón, como yo. Un estudiante tímido, brillante en lo que se refiere a los estudios, pero bastante negado para el mundo del ligue. Tampoco tengo un físico imponente, aunque llego casi al metro noventa y siempre he hecho mucho deporte. No he heredado los ojos cautivadores de mi padre, aunque sí su gusto por los estudios. Sin embargo, me decanté por la facultad de Derecho siguiendo los pasos de mi madre, en vez de cursar una carrera de ciencias como es tradición en la rama paterna de mi familia.

Después de dos o tres años de contemplar de lejos a mi Dulcinea, mi amigo Alvaro comenzó a salir con Clara, la mejor amiga de Sira. Eso me dio la oportunidad de coincidir con ella a menudo, acompañando a la pareja de tortolitos.

Al principio debió pensar que yo era idiota. Cada vez que me dirigía a ella no podía evitar soltar frases muy cortas e incoherentes. Me ponía nervioso, a pesar de que ensayaba durante horas los posibles temas de conversación.

Una noche, durante los Pilares, salimos los cuatro a un concierto para el que solamente nosotros conseguimos las entradas. Cada año se pone más difícil asistir a los conciertos, aunque estos sean de pago.

Cuando nos quisimos dar cuenta, Alvaro y Clara se estaban enrollando como si estuvieran solos en medio de una isla desierta. Al cabo de un rato decidieron irse a rematar la faena a casa de él, pues sus padres se habían ido a Torredembarra —donde tenían un apartamento cerca de la playa— dejando la vivienda libre para las correrías de su hijo.

Nosotros nos quedamos solos y decidimos disfrutar del concierto. La calentura de nuestros amigos no nos iba a arruinar la noche de Pilares. Poco a poco, la música y la cerveza nos fueron relajando —sobre todo a mí, que estaba más tenso que un palo frente a mi secretamente amada Sira—. Bailamos toda la noche, y al final nos dirigimos a la macro fiesta donde un DJ animaba a la peña con los hits imprescindibles para acabar la noche.

Sentí que estaba en uno de mis mejores sueños cuando ella me dio la mano y me arrastró hacia uno de los laterales de la plaza, donde había menos gente.

—¿Te importa si descansamos un rato, Pablo?

—Me va a ir bien. Hace mucho calor y hace horas que no paramos de bailar.

Buscó un sitio donde sentarse pero no quedaba ni un banco libre. Detrás de nosotros se hallaba un murete un poco alto, y tomándola por las caderas, la alcé con facilidad y me senté junto a ella de un salto.

—Vaya, gracias —dijo, un poco azorada—. No me atrevía a pedirte que me subieras.

Permanecimos sentados más de una hora. Cada vez que nuestros cuerpos se rozaban, aunque fuera levemente, tenía que contenerme para no temblar. Hablamos de todo y de nada, y el tiempo desapareció. La miraba de reojo bajo la luz de la luna llena y me preguntaba si ella podía oír los latidos de mi corazón, que retumbaban como si quisieran escapar de mi pecho.

Al cabo de un rato nos dimos cuenta de que el sol comenzaba a hacer acto de presencia mientras la oscuridad se retiraba de manera lenta pero inexorable. Bajé del murete y me giré hacia ella. Vi que no se atrevía a saltar. Le ofrecí los brazos, y cuando la tomé por la cintura y la deposité en el suelo, se quedó quieta entre mis manos. Cerró los ojos. Me besó. Al principio apenas un roce, pero cuando se lo devolví, algo se soltó entre nosotros, y el beso se volvió largo,profundo y completamente inevitable. Cuando por fin nos separamos, el sol ya asomaba por encima de los tejados. No recuerdo haber respirado en ningún momento.

Ahora tengo que salir de mi ensoñación, porque ya llegamos al Parque del Agua, donde la boda tendrá lugar, en el Pabellón de Ceremonias. Voy en un coche con mi madre, y es mi tío quien lo conduce porque mi padre va a acompañar a Sira. Ella se lo pidió —dado que no le queda familia viva— y, como no podría ser de otra manera, él aceptó gustoso. Incluso orgulloso, diría yo.

—Ya que no he tenido hijas, podré acompañar a mi nuera el día de su boda —ha contado a todo el mundo durante estas últimas semanas.

Estoy muy nervioso, y creo que se me nota a la legua. Mi madre no ayuda demasiado; no para de mirar al reloj y parece que tenga ganas de que esto no salga bien. Quizá sean imaginaciones mías.

¿Y si en el último momento Sira se arrepiente? No sé cómo podría vivir después de algo así. Intento quitarme de la cabeza esta idea oscura que se cierne sobre mí como un nubarrón. No puede ser, Sira es siempre puntual, y ya son las doce y cinco. Comienzo a transpirar profusamente, y mi madre saca un pañuelo de papel de la cartera de mano dorada para secarme el sudor que perla mi frente.

Miro hacia atrás, a la zona de invitados, y veo a mi primo Jorge haciéndome gestos para que mi madre deje de toquetearme la frente. Señala hacia la entrada y veo a mi padre arrodillado en el suelo ante Sira, acomodando con cuidado la cola del vestido tras haberla ayudado a bajar del coche. Ella posa una mano en su hombro para mantener el equilibrio. El sol de mediodía arranca destellos del tejido blanco. Se encuentran justo en el umbral, al comienzo del pasillo central.

Cuando están listos, mi padre le ofrece su brazo con una sonrisa de satisfacción. Él está nervioso también, quién lo iba a decir. El rey del aplomo, siempre sereno y seguro de sí mismo, pero esta vez no puede esconder sus nervios. Sé que la adora, y que ella lo admira y lo aprecia a partes iguales. Comparten —además de mi vida— muchas aficiones y tienen gustos parecidos incluso para la gastronomía. Eso no lo he heredado de mi padre. Soy más bien tiquismiquis como mi madre, debo confesarlo. De hecho, en la prueba del menú de la boda tuvieron que cambiarme varias veces el plato, mientras mi padre y Sira se reían, diciendo que me tendrían que servir el menú infantil: macarrones, lomo rebozado y patatas fritas. Mi sueño. Pero no, parece que un adulto como yo debe comer otro tipo de delicadezas. Y más aún el día de su boda.

Sira está radiante. Sus ojos claros me buscan y cuando me encuentran, el corazón se me detiene un instante. Va del brazo de mi padre, y cada paso que da hacia mí parece más lento que el anterior, como si el tiempo mismo quisiera prolongar este momento. No oigo la música. No oigo nada. Solo veo el tejido blanco moviéndose hacia mí, y esa sonrisa que conozco de memoria pero que ahora me resulta completamente nueva.

Mi padre me la entrega con una mirada que no necesita palabras y se retira. Tomo su mano. Está temblando, o quizás soy yo. Le aprieto los dedos y me inclino hacia ella:

—¿Quieres casarte conmigo, Princesa? Eres el sueño de mi vida.

CAPÍTULO 3

Jorge

Dicen que de una boda siempre sale otra boda. Bien, pues espero que eso no me ocurra a mí, porque está claro que, según las estadísticas publicadas, una de cada dos bodas —al menos en España— acaba en divorcio.

Tengo la misma edad que mi primo Pablo; él se casa hoy con una mujer de bandera que —para más inri—, es un cielo y una tía independiente que nunca ha buscado media naranja que la complete. Si Sira tuviera una hermana, haría lo que fuera por salir con ella. Y no solo es por lo buena que está —que lo está—, sino porque el amor que veo entre ella y mi primo es sano, sin toxicidades, dependencias ni cosas raras.

Soy matemático y me dedico al mundo de la bioestadística. Trabajo en la empresa de mi tío Carlos, donde me ficharon tras pasar una entrevista con un currículum donde puse un nombre falso para estar seguro de no ser un enchufado. Y lo conseguí. No veas la cara de la de Recursos Humanos cuando me pidió el DNI y el número de la seguridad social para hacerme el contrato. Solo después de tener el contrato firmado llamé a mi tío para decirle que éramos colegas de curro. Bueno, más o menos, porque él es el dueño y yo un pringado de bioestadístico que trabaja en proyectos de investigación y desarrollo, pero no veas lo que me mola mi curro.

El caso es que hoy, en el fiestón de la boda de mi primo, había dos tipos muy determinados de chicas presentes. El grupo A, por ponerle un nombre, estaba compuesto en su mayor parte por abogadas y economistas muy bien vestidas con traje de invitada -hoy he aprendido que se trata de toda una especialidad en el mundo de los vestidos femeninos-, melena larga con mechas rubias, maquillaje impecable y sandalias de tiras con tacón fino. Por dar más pistas, casi todas compañeras y amigas de carrera de mi primo, el novio.

Diagnóstico de macho veinteañero —por poco— muy afectado por la presencia de testosterona en sangre: son monas, pero no me veo con ninguna, ni siquiera para un polvete rápido, no sea que se despeinen.

Grupo B, y aquí viene lo interesante, chicas un poco menos bien vestidas y maquilladas, pero interesantes. Con vida, con historia, con creatividad y de las que acaban una noche de fiesta con el rímel corrido de reír, bailar y disfrutar. De las que me gustan. Casi todas, amigas y compañeras de la novia. No todas son científicas, algunas están a su lado desde la infancia, y no han querido faltar a su boda.

Analizando un poco más a fondo el tema y la correlación entre los tipos de invitados y mis tíos, podríamos decir que el grupo A es del estilo de nuera que le hubiera gustado tener a Carmina. Seguro que hubieran podido compartir aficiones juntas, pero con Sira... Yo esto no lo veo claro, la verdad. Luego os contaré un poco más de salseo, que mi madre me ha puesto al día de unas cuantas cosas mientras desayunábamos antes de la boda. Porque sí, yo reconozco que leo el Hola y el Lecturas de mi madre mientras voy al lavabo y la cosa esta difícil. No me avergüenza decirlo, y me ha servido en ocasiones para recibir miradas cómplices de algunas mujeres.

El grupo B, al igual que Sira, es más compatible con la personalidad de mi tío Carlos. Es un tipo sencillo, al que no se le ha subido a la cabeza el éxito que ha tenido con la empresa que creo como una start-up de su línea de investigación principal en la universidad. Es lo que se viene a llamar un CEO, el jefazo superocupado y adinerado de la compañía, pero en este caso un hombre normal y corriente al que no le gusta ir de guay ni demostrar que es más que nadie. En el fondo, es un científico apasionado por la biología humana y por la medicina, y por todos los procesos que se desarrollan en el interior de las células. Le pirra la cocina japonesa, pero ni mi tía Carmina ni Pablo son de comer cosas que salgan de la sopa de cocido, el pollo al horno, el lomo rebozado y poca cosa más. Unos sosos, vamos. Por eso, en cuanto tiene ocasión, nos pilla por banda a mi madre —su hermana—, a Sira o a mí para disfrutar de un restaurante japo.

Siempre ha sido mi ídolo. De pequeño, yo quería ser "*fientífico*", como él. Carlos era el tío guay que todo niño tiene. Jugaba con nosotros casi como si fuera uno más, y no le importaba que nos ensuciáramos de barro hasta las cejas si formaba parte de la diversión. Tengo magníficos recuerdos de mi infancia, y en ellos casi siempre aparece.

Ahora, el salseo. Mi madre (Juani, hermana de Carlos), me ha dicho que Carmina no soporta a su ahora nuera, Sira. Es más, si pudiera, la borraría de un plumazo.

Según mi señora madre, Carmina esta celosa perdida de Sira. Considera que le ha robado a su hijo. Para acabarlo de arreglar, se lleva a las mil maravillas con Carlos, su suegro, y eso le provoca sarpullidos cada vez que se reúnen todos.

Aunque hace mil años que se conocen y se tratan, mi madre no cree que Carmina sea la mujer perfecta para su hermano. Le ha impedido tener varios hijos, como siempre ha sido su deseo, y según ella, Carlos se mantiene siempre en un segundo plano cuando ella está delante. Como si tuviera que ocultar su personalidad y sus gustos —dice mi mami.

Después de toda esta perorata —se me va un poco la olla, lo reconozco—, he conocido dos chicas en esta boda que me traen loco, pero por dos motivos diferentes. En la misma mesa que los primos del novio —la mía—, estaba Clara, la mejor amiga de Sira, la novia.

Es un bellezón, pero tiene un carácter de mierda. Al principio he decidido que quería ligármela y tener un buen recuerdo de la boda de mi primo. Pero según ha ido avanzando el banquete, la chavala ha conseguido sacarme de mis casillas.

—Encantado, soy Jorge, primo hermano del novio. ¿Tú eres...?

—Dama de honor de la novia, chaval.

—Pero tendrás un nombre, ¿no?

—Claro, como todo el mundo.

—¿Es un nombre secreto? ¿Acaso eres agente de la CIA? —intento bromear, a ver si se relaja un poco.

—Muy gracioso. Me llamo Clara. Soy la mejor amiga de Sira.

—Pues lo dicho, encantado. ¿Has venido sola?

Joder, si lo sé me callo. Me ha puesto una cara de asesina despiadada...

—No te veo rodeado de mujeres, no sé por qué preguntas eso.

—Relájate, chica. Solo intentaba entablar conversación.

—Entonces actualiza tu manual de temas para dirigirte a mujeres de verdad, no a quinceañeras.

—No te jode... ¿Tienes la misma edad de Sira?

—Sí, hemos ido juntas al cole, al instituto y a la universidad.

—Yo tengo la misma edad que Pablo. No es necesario que me mires como si fuera un niño de primaria.

Ella se calla y se muerde el labio, gesto que me pone a mil. Si no fuera tan borde, intentaría ligármela.

La otra chica de la boda es compañera de investigación de Sira. No es tan guapa como Clara, pero me he pasado un buen rato hablando con ella y es una tía la mar de enrollada. Se llama Marina, y se dedica a la bioestadística, como yo.

Hemos bailado juntos; no veas cómo se mueve la tía. Ha habido un momento en el que nos hemos dado un pico, nada del otro mundo, pero mi primo se ha quedado con la imagen.

Después de unos cuantos cubatas, he tenido que ir al baño. Por suerte, el de los hombres no está tan concurrido como el de las mujeres. ¡Qué pereza debe dar hacer media hora de cola para mear! He coincidido con el novio, yo salía y el entraba, y me ha apartado un momento.

—Joder, Jorge, veo que has triunfado, pero tienes que elegir a una de las dos.

—No te entiendo, tío...

—Mientras bailabas con Marina, Clara te miraba con cara de mala leche. Y cuando os habéis besado, estaba roja de rabia. Pensaba que os iba a pegar.

—Solo ha sido un pico. ¿En serio me dices lo de Clara? Está como un tren, pero es super borde conmigo.

—La tendrías que haber visto. No me equivoco, Jorge; estaba celosa.

—Ya veré si lo intento. Gracias por el cable, primo.

Cuando vuelvo a la pista, me tropiezo —a propósito, por supuesto — con Clara. Joder, qué guapa esta con esa mirada de mala leche que me dirige.

—Hola de nuevo, princesa. ¿Me concedes este baile?

—A ver si te crees que soy un plato de segunda mesa. Te he visto besándote con Marina. Pasapalabra, chaval.

Cuando Clara me suelta aquella contestación y veo cómo se aleja por la pista de baile, me quedo un momento parado, con un careto que debe dar pena. Finjo que me la suda, pero me jode. No es solo que me atraiga —que sí—, es la manera en que consigue que me tambalee, como si no pudiera esconderme detrás del chiste fácil ni del ligón de siempre. "Quizá me lo tengo merecido por ir de *sobrao*", pienso, y sonrío para mí mismo, aunque me duela un poco.

Intento volver al grupo y seguir con la fiesta, pero cada vez que la busco con la mirada, me sorprendo preguntándome qué habría pasado si hubiera dejado de hacerme el gracioso y hubiera hablado en serio.

A lo lejos, la música sube de volumen y la pista se va llenando. Miro alrededor y tengo la extraña sensación de que esta noche —con todos sus brindis, sus secretos y sus medias verdades— va a ser más larga de lo que nadie cree.

CAPÍTULO 4

Sira

Todavía no me acostumbro a decirlo: Pablo es mi marido. Es extraño sentir el peso de la alianza en el dedo, como si de repente todo el futuro cupiera en esa pequeña circunferencia de oro. Cada vez que la miro, tengo que recordarme que esto es real, que ha ocurrido de verdad, que la vida está cambiando ante mis ojos y yo me dejo llevar, flotando entre risas, abrazos y el vértigo de lo desconocido.

La boda ha sido un milagro lento, como si el tiempo se hubiese ralentizado para permitirme saborear cada segundo. Me decían que acabaría agotada, que apenas recordaría nada, pero yo lo he absorbido todo: las caras felices de mis amigos, los nervios en la piel, el murmullo de las copas, la certeza de estar exactamente donde quiero estar. Hoy, por primera vez en años, sentí que tenía una familia, aunque no llevo su sangre.

Bueno. Casi toda la familia. Porque, aunque me esfuerce, no consigo engañarme: mi suegra me detesta. Puedo ver la tensión en sus hombros, la manera en que me sonríe para la foto y luego desvía la mirada, el modo en que posa la mano en el brazo de Pablo como si temiera que yo se lo pudiera arrebatar en cualquier momento. Me duele, pero lo entiendo. Es un instinto antiguo, animal. Lo que no soporto es saber que mi cercanía con Carlos —mi suegro, mi aliado, mi compañero de charlas sobre ciencia y sushi— la enfurece aún más. A veces siento que Carmina piensa que le he robado dos cosas a la vez: a su hijo y a su marido. No puedo evitar pensar que quizá ella no me permitirá jamás ser parte de verdad de esta familia. En nuestro proyecto vital, queremos tener hijos, y no me tranquiliza nada la animadversión que Carmina siente hacia mí. Una suegra malintencionada puede llegar a causar mucho daño.

Pero hoy, cuando vi a Pablo junto al altar, tan nervioso y tan guapo que me temblaron hasta las rodillas, supe que todo merecía la pena. Me eligió. Me eligió a mí. Y en ese momento, bajo la música y las palabras solemnes, sentí que podía, por fin, empezar a construir lo que siempre había soñado y nunca me atreví a desear: una familia de verdad, un proyecto juntos, algo que fuera solo nuestro.

Ver a mis amigos abrazarse con mis nuevos primos fue como presenciar la fusión de dos mundos; Clara y Marina riendo con Jorge bajo las luces del jardín, Vega bailando con Alberto. Por un instante, todo encajaba, todo era posible. Ojalá, pienso, salga de aquí alguna historia de amor más. Aunque con Jorge todo puede pasar: lo vi con dos pretendientas, y Clara, mi mejor amiga, a su lado, resistiéndose a bajar la guardia.

Clara... Me parte el corazón verla tan herida, tan frágil bajo su coraza de sarcasmo. La senté junto a Jorge para que tuviera a alguien sano y alegre cerca, para recordarle que la vida no es solo reconstruirse de las ruinas del pasado. Ella aún arrastra los pedazos de lo que quedó tras lo de Álvaro. La adicción, las huidas, las deudas, las lágrimas a medianoche... Nadie debería tener que elegir entre perderse y soltar a quien ama.

Quizá por eso me obsesiona que Clara vuelva a sonreír. Vi cómo apartaba a Jorge en el baile, cómo se esforzaba en mantenerse al margen, y también cómo la tristeza la asaltó cuando él se fue con Marina. Me duele, porque sé que Pablo lo notó y, en uno de esos gestos silenciosos que me enamoran, fue a hablarle a su primo de mi amiga. Ojalá funcione. Ojalá.

Pablo es así: atento a cada pequeño gesto, pendiente de cómo me siento incluso cuando no lo digo. Me hace sentir única, me recuerda cada día que elegí bien. Lo amo hasta en lo más sencillo, y sí, también en la cama, porque el deseo no es un extra, sino uno de los pilares que nos sostiene. No lo oculto: sé lo que es una relación sin pasión, y no pienso vivirlo nunca más.

No tengo larga experiencia, pero la justa para saber que Pablo y yo encajamos en todos los sentidos. Somos dos mitades que se buscan a ciegas y se encuentran una y otra vez, aunque la tormenta aceche fuera.

Hoy estrenamos este capítulo a cuatro manos, con las páginas en blanco esperando que las llenemos juntos. Tengo fe en que todo será luz, que el futuro será tan brillante como este día. Al menos, eso quiero creer.

Pero quizá, en el fondo, toda felicidad auténtica siempre lleva dentro una pregunta sin respuesta, una sombra pequeña que se cuela entre los huecos del corazón. Y sé que, aunque hoy todo parece perfecto, hay secretos, deseos y miedos que aún no me atrevo a mirar de frente.

Quizá mañana, cuando me despierte, la vida me pida que lo haga.

CAPÍTULO 5

Carlos

Hoy, al día siguiente de la boda de Pablo y Sira, celebramos un *brunch* al que acudirá la familia más cercana y los amigos íntimos de los novios.

Es un regalo que he decidido hacerles, porque hacen una pareja adorable. Deseo que no cambien nunca su actitud entre ellos, porque calienta el corazón ver cómo se aman. Solo tengo un hijo, y quiero ofrecerle un final de fiesta inolvidable, por lo que he reservado el restaurante del mejor hotel de la ciudad para acoger el *brunch*. Me he decidido por un amplio buffet porque así los asistentes tendrán la oportunidad de conversar entre ellos, sintiéndose libres de levantarse de la mesa en todo momento.

La idea fue muy bien acogida, tanto por los novios como por los invitados, y continuará la fiesta de ayer, pero en un ambiente más íntimo y relajado.

Carmina y yo llegamos los primeros, junto a mi hermana Juani y su marido. Unos minutos más tarde entran mis otros hermanos con sus respectivas mujeres. Como era de esperar, los jóvenes llegan los últimos, pues alargaron la fiesta hasta el amanecer. Para facilitar las cosas, reservé habitaciones para esta noche en este mismo hotel para todos los que estaban también invitados al brunch, aunque residan en la ciudad.

Mis sobrinos, casi todos de la edad de Pablo, llegan ojerosos al restaurante. No habrán dormido más de cuatro horas, la mayoría.

Los amigos de Sira bajan casi al mismo tiempo que los primos de Pablo, y me sorprende ver a mi sobrina Alicia junto a Alberto. Este último es amigo de mi nuera, y también un prestigioso investigador que trabaja en mi empresa. Es un chaval encantador, muy discreto y un científico con mucho futuro. Nunca da qué hablar y verlo junto a Alicia me gusta. Ella es bioquímica, especialista en ARN. Seguro que han tenido muchos temas de qué hablar, y creo que han congeniado a la perfección.

Marina, la mejor amiga de Sira, entra sola en el restaurante, pero veo que busca con la mirada a alguien, que resulta ser Jorge, mi sobrino, hijo de Juani y mejor amigo de Pablo. Es casi un hermano para mi hijo. Se han criado juntos y se llevan solo unas pocas semanas, lo que me supuso una gran alegría. Yo quería ser padre de varios hijos, pero Carmina nunca estuvo por la labor. Me aterraba criar a Pablo como hijo único, sabiendo además que estaría solo en el mundo cuando nosotros faltáramos. Parezco una vieja casamentera, pero me encanta ver que Jorge también busca su mirada y se dirige hacia ella en cuanto la ve. La pobre chica ha vivido un infierno con su exnovio, y merece algo mejor. Al ver que Jorge va a su encuentro, sus ojos se iluminan y se sonroja ligeramente. Bien. Eso me gusta.

Finalmente, los novios hacen su aparición, ya como marido y mujer. Están exultantes de felicidad, y casi no pueden soltar sus dedos enlazados para saludar a los invitados.

Veo a Pablo y a Sira cogidos de la mano y no puedo evitar recordar, con una punzada, lo que nunca he tenido. Me pregunto si es posible empezar de nuevo a estas alturas, o si la vida ya me ha repartido todas las cartas. A veces me siento como si estuviera en tiempo de descuento.

Ahora, con la perspectiva que otorga el paso de los años, me doy cuenta de que yo no estaba tan enamorado de Carmina como lo están ellos.

Eran otros tiempos, y las relaciones eran muy diferentes. Los noviazgos duraban mucho tiempo; no podíamos irnos juntos de vacaciones, y menos aún, dormir compartir cama en casa del uno o del otro. Eso era impensable.

Aunque hacíamos lo que podíamos, todo eso conllevaba una frustración enorme, y acababas casándote para poder tener intimidad. Una de las muchas herencias de la dictadura franquista ultraconservadora. Y eso que ya hacía años que Franco había muerto.

No hay que perder de vista que estábamos en una ciudad de provincias. La capital era otra cosa, y mientras cursaba mis estudios en la Complutense, pude disfrutar de más libertad, en todos los sentidos. Pude tener mis escarceos como todo hijo de vecino mientras vivi en el Madrid de la época final de la movida madrileña.

Por eso, al regresar a mi ciudad natal, me costó un mundo adaptarme de nuevo a los estrictos usos morales, aunque hacía lo que podía, si os soy sincero.

Mientras trabajaba en la universidad como profesor e investigador predoctoral, comencé a salir con Carmina. Aunque solo contaba veinticuatro años, decidimos casarnos. Era lo que se esperaba de nosotros, y además ya tenía ganas de salir del domicilio familiar. Pero, y es ahora cuando soy consciente de ello, Carmina no era la mujer de mi vida. No es que haya habido otra, pero sé que yo no estaba enamorado de ella de la misma manera que veo a mi hijo y a Sira.

Jodida constatación. Muy jodida, a estas alturas de la película.

CAPÍTULO 6

Sira

No sé si son mis hormonas, o si simplemente la vida real es más complicada que cualquier cuento. Desde que volvimos de la luna de miel en Maldivas, siento que algo ha cambiado entre Pablo y yo, una especie de corriente fría que se cuela por las rendijas de la rutina. Él sonríe menos, llega más tarde, y cuando lo hace, trae el trabajo pegado a la espalda como una mochila invisible que no se quita ni para cenar.

Al principio pensaba que eran solo los nervios del ascenso, el deseo de impresionar a los socios del bufete, pero ahora me doy cuenta de que, poco a poco, hemos dejado de buscarnos. Las cenas son cada vez más calladas: yo intento contarle alguna anécdota del laboratorio, él me sonríe distraído, contesta a un correo desde el móvil, me promete que luego me escucha, pero el "luego" nunca llega. Me siento como si tuviera que hacer esfuerzos titánicos para poder tener una conversación con él. Y nunca nos había pasado esto.

Los domingos, cuando despierto, a menudo ya no está en la cama. Me encuentro con su taza de café vacía y la nota de voz en el móvil: "Voy al despacho, hoy se me ha complicado. No esperes para comer." Empiezo a pasar más tiempo sola de lo que imaginé. Salgo al mercado, me doy paseos largos, vuelvo con flores frescas solo para alegrar el salón, y la casa me parece cada vez más grande y vacía.

Empiezo a preguntarme si hago algo mal, si me he vuelto una aburrida. Necesito saber si esta distancia es culpa mía. No me siento bien pensando esto, pero no puedo evitarlo.

Hace dos semanas, compré entradas para el cine, una de esas películas que solíamos ver juntos antes de casarnos. Pablo no llegó. Me llamó quince minutos antes, con voz cansada, y me pidió que no me enfadara, que tenía una reunión inesperada. Fui sola. En la sala a oscuras, me sentí más sola que nunca, como si la distancia entre nosotros se hubiera vuelto imposible de salvar.

No quiero dramatizar. Sé que las parejas atraviesan baches, y que el trabajo puede absorberlo todo. Pero hay momentos en que siento que Pablo vive en un mundo al que no pertenezco, y me cuesta recordar cuándo fue la última vez que nos miramos de verdad, sin prisas, sin pantallas de por medio.

Me repito que es una etapa. Que todo volverá a su sitio. Pero a veces, cuando le oigo llegar de madrugada, me pregunto si solo estoy esperando a que termine una historia que ni siquiera ha empezado del todo.

Pablo

Han pasado dos meses y medio desde la boda, y tengo la impresión de que nuestra unión ha movido muchas cosas, y no solo en lo que se refiere a nuestra vida en común.

Por sorpresa, nada más regresar de la luna de miel, recibí la noticia de mi nombramiento como socio del despacho de abogados en el que trabajo desde hace tres años. Si soy sincero, todavía no lo esperaba. Por eso me hizo más ilusión, si cabe, el reconocimiento de mi labor. Yo pensaba que los socios tenían una vida relajada en comparación a los abogados asalariados, pero me equivoqué. Ahora tengo a mi cargo un equipo de juristas y varios casos complicados, de aquellos que potencian una carrera o la dejan en la cuneta. Esto me obliga a dedicar mucho tiempo al trabajo, incluso noches y fines de semana.

Lo he hablado con Sira, porque no quiero que esta situación perjudique nuestra pareja. Ella sabe lo importante que es para mí mi carrera profesional, y creo que tengo su total apoyo.

Sin embargo, a veces, mientras trabajo hasta tarde, me doy cuenta de que ni siquiera he contestado el último mensaje de Sira. Pienso en llamarla, en irme a casa, pero me pueden la presión y el miedo a decepcionar a todos.

Sé que no debería dejarla tan sola, pero siento que, si no demuestro que puedo con todo, no soy suficiente ni para ella ni para mí mismo.

Mi padre me ha llamado muy serio hace un rato, y me ha dicho que nos espera, a Sira y a mí, esta noche en la casa familiar. Le he preguntado qué ocurre, pero no ha querido soltar prenda. Eso sí, me ha rogado que no hable antes con mi madre. No es normal que mi padre se comporte de esta forma tan misteriosa. Temo que nos dé una mala noticia, algo sobre su salud. No estoy preparado para afrontar algo así. No ahora. Quizá sea egoísta por mi parte, pero es así como pienso y siento.

He avisado a Sira de que esta noche vamos a casa de mis padres, y le he rogado que no hable antes con mi madre. Ha sido una tontería por mi parte, porque entre ellas no hay más relación que la necesaria. Sé que se ha quedado preocupada.

Al contrario de lo que le ocurre con mi madre, mi mujer está muy unida a mi padre. Se parecen en tantas cosas que a veces pienso que comparten un lazo de sangre. Se me va la cabeza, supongo, debido a todos los asuntos que pasan ante mí por el despacho. Antes solamente veía los casos de derecho mercantil, mi especialidad, pero ahora, al estar en el consejo de socios, veo los asuntos que llegan a todas las áreas del bufete. Y la verdad, prefiero quedarme con las fusiones y adquisiciones, porque no implican sentimientos, al menos no a este nivel.

Paso por casa para ducharme y cambiarme, y me encuentro con mi mujer, que llega ahora del gimnasio. No puedo resistir la tentación de seducirla, y acabamos enredados y mojados bajo la ducha, haciendo el amor como dos animales en celo. Sus gemidos, ahogados por el ruido del agua que cae sobre nosotros, me encienden todavía más, y la tomo desde atrás mientras ella apoya sus manos sobre el cristal que separa la zona de aguas del resto del cuarto de baño que tenemos anexo a nuestro dormitorio. Sus curvas me enloquecen, desatando en mí una excitación que no puedo evitar. Tras regalarnos un orgasmo infinito, veo que se nos ha hecho tarde. Nos vestimos rápidamente y nos dirigimos a casa de mis padres.

Por el camino, mientras conduzco mi nuevo y lujoso SUV alemán facilitado por el bufete, confieso a Sira que no las tengo todas conmigo. No es normal que mi padre nos cite de esta curiosa y misteriosa forma. Le digo que temo que esté enfermo, y veo que su labio inferior tiembla como cuando está a punto de llorar.

—No digas eso —me pide—. No podría soportar perderlo a él también.

Me doy cuenta de que mi padre es mucho más que un suegro para Sira. Es, ante todo, un amigo. Y también una persona a la que admira y quiere con todo el corazón.

Aparco ante la puerta de la casa de mis padres, situada en una urbanización tranquila un poco lejos del centro.

Llamo a la puerta y sale mi madre a abrirnos. Se muestra sorprendida al vernos. No nos esperaba, y eso enciende todas mis alertas. Y las de Sira, que me aprieta la mano y no me suelta mientras avanzamos por el pasillo hasta llegar al amplio salón.

CAPÍTULO 7

Pablo

Mi padre nos espera de pie y nos abraza, primero a mí y luego a Sira. Creo que ese abrazo dura un instante más de lo acostumbrado. Otra mala señal que no consigo ignorar. Mi madre nos mira como intentando adivinar qué ocurre, sin obtener respuesta alguna. En ese momento, es mi padre quien toma la palabra.

—Sentaos aquí, en los sofás, por favor. Tu también, Carmina. Os traigo algo de beber.

Sale durante un momento del salón mientras mi madre, por hacer algo, saca los posavasos que trajo de un viaje a Turquía y los coloca sobre la mesita baja situada entre los dos sofás y el sillón orejero. Luego, mientras espera a mi padre, pone cuatro vasos idénticos.

Él regresa al salón con un semblante serio. Ha conseguido captar toda nuestra atención, e incluso diría que en el silencio de la pieza puedo escuchar los fuertes latidos confundidos de todos nosotros.

—Tengo que comunicaros una decisión que he tomado. Nos afecta a todos, y por eso prefiero hacerlo así, estando todos en la misma sala. Así no habrá malentendidos.

Miro a mi madre, y luego a Sira. Creo que sus rostros denotan la misma sorpresa, e incluso miedo, que mi cara muestra.

—Lo he estado pensando muy detenidamente, no es algo que venga de ahora.

—Papá, por favor, ahórranos los preludios. Dilo ya. Lo que sea —lanzo presa de los nervios.

—He decidido divorciarme —dice esto mirando a mi madre, con un gesto a medio camino entre la disculpa y la determinación, mientras el salón se llena de un silencio denso, casi físico. El aire se ha vuelto gris y pesado como el plomo.

Joder. No sé si quiero gritar, llorar o salir corriendo. No estaba preparado para esto, ni siquiera lo había contemplado como una posibilidad.

—¿Te has vuelto loco? ¿A qué viene esto ahora? —escupe mi madre, levantándose muy nerviosa, como no puede ser de otra manera. Vuelve a sentarse y le dice con cara de mala leche:

—Tienes a otra, ¿no?

—Para nada, Carmina. No soy un crío para hacer tonterías. Pero me he dado cuenta de que esto ya no lleva a ningún sitio. No somos más que dos personas que viven bajo un mismo techo. Hace tiempo que sentía que las cosas no iban bien, pero con la boda de los chicos todo se hizo demasiado real, demasiado doloroso. Entonces me di cuenta de que no quedaba nada entre nosotros, si es que alguna vez tuvimos algo tan fuerte como lo que ellos tienen.

Mi madre rompe a llorar, y yo me levanto para sentarme a su lado. Le tomo la mano para que se sienta apoyada.

—No te va a faltar de nada. Quédate en la casa; yo me busco otro sitio. Pero debo hacerlo. Por una vez, debo ser fiel a mi mismo. No quiero llegar a mis últimos días y pensar que fui un cobarde —explica mi padre.

—Papá, ¿estás seguro? ¿No hay alguna otra solución? —me escucho decir.

—No la hay, hijo. Créeme, lo he pensado mucho, y es la mejor solución para todos, aunque ahora no seáis capaces de verlo así.

Un silencio espeso llena el ambiente del salón. Veo que una lágrima cae por la mejilla de mi padre, y Sira se levanta de su sitio para ponerse a su lado. Él le sonríe con cariño, mientras acepta el pañuelo de papel que ella le ofrece. El gesto de Sira me alivia, porque no quiero que mi padre piense que me pongo contra él.

—Carmina —dice dirigiéndose a mi madre—. Lo siento, créeme. No te voy a dejar en mala situación, podemos divorciarnos de mutuo acuerdo y me gustaría que fuésemos capaces de gestionar esto como adultos, incluso de poder sentarnos todos juntos sin que ello sea un problema. No dejamos de ser familia, eres la madre de mi hijo y hemos compartido juntos muchos años.

—Somos mucha familia, pero me dejas y te vas. A mi edad. Sabes que no podré rehacer mi vida. Seguro que... seguro que ya tienes a alguna. Eso es lo que hacen todos, ¿no?

—No tengo a nadie. Te lo juro. Puedes elegir entre creerme o hacerte mala sangre. Tienes tu trabajo y tus amistades, puedes salir y conocer a alguien. O no. Yo no pienso en eso. No lo necesito.

—Eso es lo que decís todos, y luego os paseáis por ahí con alguna rubia despampanante.

No puedo evitar sonreír. Siempre es culpa de una rubia. Me recuerda a las películas españolas antiguas, esas en las que las "suecas" arrasan entre los hombres ibéricos. Me pregunto si Sira entra dentro de la categoría que mi madre denomina "rubia".

Mi padre también se sonríe. Siempre ha hecho broma con eso de que "hoy me he encontrado a una rubia" para hacer rabiar a mi madre cuando lo medio amenazaba diciendo que se iba a separar de él.

Pondría la mano en el fuego por mi padre. Es tan legal que nunca engañaría ni a mi madre ni a nadie. Sobre su decisión, es cierto que, desde nuestra boda, tengo la ligera impresión de que se muestra diferente. Lo he estado viendo pensativo, a menudo con la mirada perdida como si estuviera reflexionando sobre algo, alejado de lo que ocurría en cada instante. Al menos, no está enfermo. Ese era mi mayor temor antes de que comenzara a hablar.

Ha soltado la bomba, y ha tenido un efecto retardado. Tras unos minutos en silencio, mi madre se ha levantado llorando y ha subido a su habitación. Yo he ido tras ella, y auguro que ésta va a ser una noche larga, muy larga.

Sira

Mi suegro, Carlos, nos ha citado hoy de forma un tanto extraña en su casa, tras el trabajo. Cuando ha hablado con mi marido esta mañana, le ha pedido que no le dijera nada a Carmina. Todo muy raro. Nos temíamos que nos fuera a dar una mala noticia, y puede que lo haya sido, aunque bajo mi punto de vista, ha tomado una decisión valiente y correcta: le ha pedido el divorcio.

Carmina, como es natural, no se lo ha tomado nada bien. Tras un primer momento en el que lo ha acusado de serle infiel con "alguna otra", se ha dado cuenta de que la cosa iba en serio. Se ha levantado llorando y ha subido las escaleras. Pablo ha ido tras ella, mientras en el salón, solo quedábamos Carlos y yo.

Aunque ha sido él quien lo ha decidido, está claro que no se encuentra bien. Ha puesto fin a casi treinta años de matrimonio, y lo ha hecho de la manera más elegante posible, si es que existe alguna. Ha querido evitar una escena, y por eso nos ha involucrado a Pablo y a mí. Conociendo a Carmina, creo que es capaz de hacer cualquier cosa para evitar que él se vaya. Carlos es consciente de ello, y para evitar malentendidos —han sido estas sus palabras—, se ha explicado ante su hijo y ante mí, a la vez que daba la noticia a la propia interesada.

Se ha quedado inmóvil, en silencio, sentado en una esquina del sofá pequeño. Cuando Carmina y Pablo desaparecen por las escaleras, me siento a su lado y tomo su mano entre las mías.

—Carlos, ¿te traigo un poco de agua? ¿Necesitas algo?

Él me mira a los ojos con una expresión triste.

—Un abrazo, Sira. Solo necesito eso.

Nos fundimos en un largo abrazo y siento sus lágrimas caer sobre la piel de mi cuello. Me separo un poco de él y seco su mejilla con mis dedos, en una especie de caricia que intenta consolarlo. Carlos aprieta mi mano contra su cara y la mantiene allí durante unos segundos.

Me enternece ver al hombre que vive tras la figura del CEO poderoso e invulnerable, del padre y hombre de familia firme que toma decisiones cada día sin pestañear. Ahora solo veo ante mí a un hombre en un momento difícil de su vida. Lo veo solo y cansado, y no sabe dónde apoyarse. Esta es quizá la decisión más complicada que haya tomado jamás, y también la menos sencilla de explicar.

—No podía más, Sira. No quería seguir con esta pantomima de matrimonio. Hace mucho tiempo que no hay nada entre nosotros, y me he limitado a permanecer en el mismo sitio, sin atreverme a dar el paso. Coincidiendo con vuestra boda, abrí los ojos; me dí cuenta de que el tiempo no perdona. No podía retrasarlo.

—Carlos, no me debes ninguna explicación. Te conozco y sé que tienes tus razones. No te juzgo, ni creo que nadie pueda hacerlo.

—Ojalá todo el mundo fuera como tú. No sé si Pablo me va a perdonar esto.

—No tiene nada que perdonarte. Es tu vida, y solo tú puedes decidir sobre ella. Sabes que tienes mi apoyo. Cuenta conmigo para lo que necesites.

Me mira con ternura. Sabe que lo que le digo es cierto.

—Carlos, ¿ya tienes dónde ir?

—Esta noche iré a un hotel, no quiero comprometer a Pablo delante de su madre quedándome en vuestra casa. Ya he comenzado a buscar un piso para mí; no creo que tarde mucho en encontrarlo.

—También es mi casa, y me encantaría que te quedaras con nosotros. Un hotel es muy frío, aunque sea por poco tiempo.

Le he sacado una sonrisa, y eso ya me vale.

—Gracias, princesa. ¿Me ayudarás con lo que necesite cuando encuentre el piso? No sabría ni por dónde empezar.

—Por supuesto. Déjalo en mis manos. Tú y yo lo solucionamos en un par de tardes. ¿Quieres que te ayude también a encontrar el piso?

—Me iría de perlas. Mañana te llamaré y quedaremos, Sira. Ahora discúlpame. Llevo en el coche una maleta con lo necesario para unos días; lo he preparado esta mañana. Me voy ya, antes de que las cosas se pongan peor.

Ahora soy yo la que deja caer unas lágrimas. Verlo solo, yéndose de su casa sin tener un rumbo fijo, me parte el corazón. Se me hace un nudo en la garganta, y él sabe leerme.

—Tú no, princesa. No llores. Nos vamos a seguir viendo a menudo y no quiero que sufras por mí, estaré bien. Es el precio que debo pagar por salir de la cárcel en la que yo solito entré. No he sabido hacerlo antes, ese es mi gran error.

Me lanzo a sus brazos y pongo mis manos tras su cuello, mientras lloro como una niña.

—Te quiero mucho, Carlos. Llámame mañana pronto. Si no, soy capaz de presentarme en tu despacho.

—Prometido. Te llamo mañana, y deja de llorar. Me separo de mi mujer, pero nunca de vosotros. Sois mi familia.

Carlos se va, y no tengo el valor de mirar por la ventana para ver cómo se aleja con su coche. Me hundo en el sofá con la cabeza baja, entre mis manos, mientras intento que se me pase la llorera. Es él quien me da pena, no Carmina. Aunque esté mal decirlo, creo que se lo ha ganado a pulso. Desde que la conozco ha actuado mal con Carlos, lo ha menospreciado de manera evidente, teniendo a su lado a un gran hombre. Esto no es solo el final de una familia. Espero que sea el principio de algo nuevo, que seguro será más incierto, pero también más sincero.

CAPÍTULO 8

Carlos

Ya han pasado cuatro meses desde que comuniqué a Carmina mi decisión de divorciarme. Durante este tiempo he estado en un hotel —una sola semana—, y luego alquilé un piso amueblado, de estos que aparecen en una plataforma para turistas. Después de estar buscando algo de alquiler, decidí que podía permitirme comprar y así tener mi lugar seguro al que volver. Un poco de estabilidad siempre ayuda en estas situaciones vitales.

Por fin estoy instalado en mi propia casa de soltero. Se me hace raro, a mi edad, estrenar una vivienda en la que vivo solo. Mientras estudiaba en la universidad, en Madrid, residí en un colegio mayor. Al regresar a mi ciudad, volví a casa de mis padres, por lo que nunca he tenido una casa para mí.

Tras visitar muchos pisos, pensé que también podía permitirme una casa. No es cuestión de dinero a estas alturas. Por suerte, mi empresa funciona muy bien y tenemos en marcha proyectos firmados para los próximos cinco años. Necesito estar cómodo, y prefiero una casa de una sola planta con algo de terreno y, por qué no, con una piscina y un jardín. No deseo una casa muy grande, para no sentirme demasiado solo. Pero quiero tener el espacio necesario para recibir a mi familia y a mis amigos adecuadamente. Divorciarse no significa perder un espacio vital de referencia.

Sira me ayudó con la elección de la casa, acompañándome a visitar innumerables propiedades, y haciendo una lista minuciosa de las características que yo deseaba.

Finalmente, la perla rara apareció, y estoy muy contento de haberme trasladado hace solo una semana. Un arquitecto de interiores me ayudó con la decoración, coordinando algunas mínimas reformas con la ayuda de Sira.

Por último, mi nuera se ha encargado de comprar todo lo que es el ajuar. Vaya palabreja. No tenía ni idea de a qué se refería cuando me dijo que lo necesitaba. Por suerte, ella ha gestionado de manera extraordinaria todo, y ahora no me falta de nada en casa.

Sira pasa mucho tiempo sola tras el trabajo, e incluso los fines de semana. Mi hijo Pablo es ahora socio de su bufete y trabaja más horas que nunca. Yo comprendo que es joven, y que tiene toda una carrera por delante, pero intento hacerle comprender que su ambición profesional no debe alejarlo de su vida personal. Si hablo con sinceridad, no entiendo cómo su mujer tolera estar sola cada noche y casi todos los fines de semana.

Si no es una reunión del consejo de socios a última hora del día, siempre seguida de una cena en un restaurante *chic* de la ciudad, es el trabajo a horas intempestivas en un importante caso del que depende su futuro como socio.

Siempre encuentra una excusa y al final deja plantada a Sira. La última vez, ella lo esperó en la puerta del cine con las dos entradas en el bolso y él ni siquiera se dignó aparecer ni hacerle una llamada telefónica. Ella llegó hasta mi casa, y cuando abrí la puerta me encontré con una Sira totalmente diferente de la que conozco, siempre sonriente.

No podía casi ni hablar. Estaba apagada y no quería que la viera llorar, pero tampoco se veía capaz de encerrarse en esa casa vacía a esperar que mi hijo llegara.

No la presioné para que hablara. Se sentó junto a la isla de la cocina y le serví un vaso de vino blanco mientras yo cocinaba su plato de pasta favorito, unos deliciosos *linguinis a l'amatriciana*.

No nos dijimos nada, tampoco hacía falta. Ella puso la mesa para dos y yo serví una generosa ración de pasta para cada uno.

Cenamos despacio, saboreando la comida y degustando el vino del priorato que le gusta, y que compro en una vieja bodega del casco antiguo a granel. No es caro, no es conocido, pero bien fresco es un perfecto compañero para muchos platos caseros. Sira no es de beber vino, pero este le gusta y hoy lo necesita. Una copa no le hará daño.

—¿Me cuentas qué ha pasado para que estés así? Esta no es mi Sira —le pregunté, preocupado al verla entrar con los hombros caídos.

—Nada grave —intentó restarle importancia, forzando una sonrisa que no le llegaba a los ojos—. Solo que Pablo... tenía una reunión y no ha podido llegar al cine. Cosas de la vida de abogado estrella, supongo.

La observé un instante en silencio. En su gesto cansado, en la manera en que evitaba mi mirada, reconocí una tristeza antigua. No insistí. A veces, lo único que uno necesita es no hablar de lo que duele.

Durante la cena, procuré que todo girara lejos de Pablo. Saqué a relucir alguna anécdota de la empresa, como aquella vez en que los americanos del MIT confundieron "jamón" con "*jamming*" durante una videollamada. Sira terminó riendo a carcajadas, y el sonido me alivió más de lo que pensé posible.

De postre, le serví su tiramisú favorito. Cuando me preguntó la receta, bromeé diciendo que era un secreto familiar que solo revelaba a las nueras que cenaban conmigo en noches difíciles.

Al despedirse, Sira me abrazó largo, sincero, como quien encuentra refugio donde menos lo espera.

—Gracias, Carlos. No sé qué haría sin ti.

Le sonreí, acariciando su hombro.

—Esta es tu casa, Sira. Para lo que necesites, siempre.

La vi marcharse más ligera. Y mientras recogía los platos, pensé —no sin tristeza— que, aunque las cosas con Pablo no fueran lo que ella soñó, al menos aquí, bajo este techo, siempre tendría un lugar donde sentirse en paz.

Mi familia materna es originaria de un pequeño pueblo situado en el corazón del Pirineo, donde varias generaciones han nacido y vivido en la casa solariega que aún se conserva.

El único tío que me quedaba por parte de mi madre falleció hace un mes aquí en uno de los hospitales de la capital de la región. Él residía desde siempre en la casa y la cuidaba con mimo. Era soltero y se encargaba él solo de todo. Incluso había hecho reformas, pero siempre manteniendo el estilo rústico propio de la zona.

Era un hombre cultivado, que había viajado mucho e incluso hablaba varios idiomas. Cuando yo era niño, soñaba con visitar sitios remotos, como él. Lo escuchaba hablar mientras contaba sus vivencias en países extranjeros y pasaba horas intentando imaginar cómo era la vida de aquellas personas y los lugares donde transcurría. Seve, mi tío favorito, sufrió lo indecible a causa de una larga enfermedad, y lo traje a la ciudad para que pudiera tener los cuidados necesarios y, sobre todo, para que no estuviera solo.

Él comprendió que ya no podía quedarse en el pueblo. Debía abandonar la casa en la que había nacido y vivido toda su vida. En el pequeño municipio quedaban poco más de cien personas y no había manera de recibir los cuidados necesarios. Además, estaba a varias horas de camino de todos los sobrinos, por lo que aceptó sin dudar cuando le propuse traérmelo conmigo.

Solo puso una condición: no consintió en venir a vivir a mi casa, como yo hubiera deseado. Me pidió que eligiera una residencia agradable situada en un lugar conveniente para que nos pudiéramos ver al menos una vez a la semana.

Conseguí una plaza en una residencia que estaba formada por pequeños apartamentos en los que cada persona decidía si quería recibir la comida hecha en su casa o, por el contrario, prefería compartir el comedor —todo un restaurante— con otros residentes, para no estar solo. En todo caso, disponía del grado de intimidad que deseara. Ofrecía también actividades sociales y culturales, así como servicios diversos. Me pareció que era el lugar donde yo mismo hubiera elegido quedarme si me encontrara en su lugar.

Durante el tiempo que permaneció allí pude visitarlo varias veces por semana. A veces quedábamos para comer juntos, y otras simplemente para dar un paseo. Al cabo de unos meses, tuvimos que ingresarlo en el hospital aquejado de fuertes dolores. Su médico nos comunicó que no había nada que pudiera hacer, más allá de evitar el sufrimiento con calmantes que le permitieran mantener su dignidad. Con una elegancia que jamás olvidaré, mi tío Seve aceptó su destino y firmó el documento de voluntades a aplicar en los cuidados paliativos, no sin antes dejar hechos todos los documentos que considero necesarios para ordenar su herencia.

Su muerte fue más dolorosa para mí que el divorcio que estaba atravesando. Era el último puente con mis antepasados y los de mis hermanos. El testigo de la historia de mi familia materna se llevaba con él conversaciones que jamás tendríamos. Lo lloré como a mis padres, y su partida me dejó el corazón roto.

El caso es que me nombró heredero de la mitad de la casa familiar, y a mi hijo Pablo de la otra mitad. Significa mucho para mi pasar a ser el propietario del lugar donde varias generaciones de mi familia han nacido y vivido. Siento la responsabilidad de recoger el testigo y de estar a la altura de las circunstancias.

Durante la cena del otro día con Sira, le conté mis planes para remodelar la casa del Pirineo. Se le iluminaron los ojos de inmediato, como siempre que habla de decoración, que es su gran pasión. Tiene tanto talento para ello que, de no haber sido científica, estoy convencido de que habría sido una arquitecta extraordinaria.

Y mientras recogía mi copa de vino y apagaba las luces de la casa nueva, no podía evitar preguntarme si la calma que sentía era real, o solo el silencio antes de la tormenta. Porque, aunque todo parecía encajar por fin, algo —un presentimiento difuso, una inquietud apenas perceptible— me susurraba que lo más importante aún estaba por llegar.

No lo sabía entonces, pero estaba a punto de descubrirlo.

CAPÍTULO 9

Pablo

Estoy *on fire*. Tal cual. En el bufete llevo algunos de los casos estrella, que van a reportar varios centenares de miles de euros al mes. Se trata de fusiones y adquisiciones de empresas españolas de primer nivel. Soy el socio de referencia por lo que a derecho mercantil se refiere, y gestiono un equipo de veinte abogados que trabajan sobre mis casos. Incluso tengo una secretaria, por primera vez en mi vida.

Vanessa, que así se llama, es una morena con curvas de infarto que, si no me equivoco, bebe los vientos por mí. Ya le he dicho que estoy casado, pero no ha parecido importarle demasiado, porque a la que tiene la menor ocasión aprovecha para rozarme con su cuerpo.

Si os soy sincero, si no estuviera con Sira, me liaría con ella sin dudarlo. Está buenísima y viste de manera que parece que quiere compartirlo con la humanidad. A veces se sienta sobre la mesa con las piernas cruzadas, a sabiendas de que su falda de tubo no oculta por completo su privacidad. Uno no es de piedra, y confieso que más de una vez me ha sorprendido mirando donde no debía. El problema es que me busca, y tengo miedo de caer. Sin ir más lejos, ayer Vanessa entró en el despacho con el informe que le había pedido en la mano y una sonrisa ladeada.

—¿Te apetece café, Pablo? —me preguntó, dejando la taza junto al teclado, rozándome los dedos como por azar.

Noté el calor de su piel y aparté la mano demasiado deprisa. Me di cuenta de que Vanessa me sostuvo la mirada un segundo más de lo que la profesionalidad hubiera recomendado. Me acordé de Sira, y me obligué a centrarme en la pantalla del ordenador.

Continúo siendo fiel a mi mujer, aunque reconozco que no le estoy dedicando el tiempo que se merece. De todas maneras, ella está muy ocupada ayudando a mi padre con su nueva casa. Ha hecho con él infinitas visitas de pisos y de casas, y ahora que han encontrado la que él buscaba, pasa las tardes y casi también los fines de semana ocupada con la decoración.

Hablando de mi padre, creo que se está haciendo mayor, aunque esté en la primera mitad de la cincuentena. Su tío Seve murió hace poco, y nos ha dejado en herencia la casa familiar de mi abuela materna, perdida en un pueblo del Pirineo en el que vive menos de un centenar de personas. Se ha empeñado en pasar unas semanas allí, rehabilitando la casa y redecorándola, porque tiene la intención de pasar más tiempo en ella.

Quiere que vaya a aceptar la herencia al notario más próximo al pueblo. Eso me supone perder un día entero de trabajo, y ahora no me lo puedo permitir. Noto que mi teléfono vibra. Precisamente es un recordatorio de Sira sobre el tema del notario. La llamo, quiero liquidar este asunto.

—Te encargarás tú de firmar, ¿vale? No tengo tiempo, Sira. Te hago un poder para que me sustituyas y solucionado. De todas maneras, subirás con mi padre al pueblo para ayudarlo también con el proyecto del arquitecto y del interiorista. Lo haces mucho mejor que yo.

Dos pájaros de un tiro. Problema resuelto, y yo puedo seguir con mi ritmo de trabajo. O eso creo. Porque últimamente, cada vez que el móvil vibra o Vanessa entra en mi despacho con una sonrisa, siento que estoy jugando con fuego. Y me pregunto cuánto tiempo más podré mantener el control antes de que todo empiece a arder.

CAPÍTULO 10

Sira

Tengo dos semanas de vacaciones porque el año pasado no las consumí todas. Mi empresa me ha puesto como límite para que me tome este permiso el fin del mes de abril. Si no las hago, las pierdo, por lo que aprovecho para ir al pueblo de mi suegro en el Pirineo. No puedo contar con mi marido, y al menos, allí estaré tranquila y podré leer los libros que tengo retrasados.

Carlos, mi suegro, se ha convertido en mi amigo más fiel. Paso más tiempo con él que con Pablo, y no es que no disfrute de su compañía, pero tengo la sensación de que mi marido está cambiando mucho. Su prioridad absoluta es ahora su trabajo. Da lo mismo que sea de noche o un fin de semana. No puedo hacer planes con él, y acabo haciéndolos con Carlos. Salimos a cenar, vamos al cine o simplemente, cocinamos en casa del uno o del otro. Nos hacemos compañía mutua, aunque reconozco que me divierto a su lado.

No quiero darle vueltas a la cabeza al tema de mi matrimonio, pero espero que esto cambie. No me veo siendo madre sin tener a mi lado a un padre presente. Quiero pensar que es algo temporal, y que en poco tiempo esto va a cambiar.

Estamos de camino al Pirineo en el coche de mi suegro. La carretera serpentea entre montañas verdes y el aire huele ya a leña y a frío. Siento que cada minuto lejos de la ciudad es un regalo que debo aprovechar.

Vamos primero a la notaría, pues debo aceptar la herencia —la mitad de la casa familiar— en nombre de Pablo. Me ha otorgado un poder para evitar tener que venir él en persona.

No es que me importe, pero preferiría que él viniese con nosotros aunque fuera solo unos pocos días. Me ha dicho que subirá si tiene tiempo, pero la verdad es que ya no cuento con él.

Mientras conduce, veo que Carlos está muy concentrado en sus pensamientos. Ni siquiera escucha la emisora que él mismo ha elegido. En un momento dado, baja el volumen del aparato hasta casi apagarlo y me dice:

—Sira, quiero proponerte algo, y no tiene nada que ver con que seas mi nuera.

—¡Sí que estás misterioso hoy...! —intento bromear, aunque intuyo que se trata de un asunto serio.

—Eres una investigadora brillante, y me gustaría que lideraras un proyecto que mi empresa va a comenzar junto al MIT. Eres la persona perfecta para ello. Tu conocimiento del ADN mitocondrial no tiene comparación con el de otros candidatos internos de mi empresa.

Me quedo en silencio. Un proyecto de investigación vinculado al MIT... El sueño de mi vida, el mítico *Massachusetts Institute of Technology*. Siento vértigo. Es como si en el trabajo se abriera un futuro brillante, justo cuando mi vida personal se queda estancada en medio de una neblina que no sé cuándo se disipará.

—Tendrías todos los medios a tu alcance. Lo que me pidas. Un equipo de veinte personas a tus órdenes y un laboratorio con la tecnología más moderna disponible. No conozco a nadie mejor preparado para liderar el proyecto, Sira.

—Sabes que es mi sueño. En la universidad no contamos con los medios necesarios para este nivel de investigación. Pero necesito saber que no tiene nada que ver con el hecho de que sea tu nuera.

—Si no te conociera, te juro que intentaría ficharte. Tu currículum habla por sí solo, Sira. Tendrías acceso a publicar en los mejores medios científicos. Prométeme que lo vas a pensar.

—No necesito pensarlo. Acepto sin dudar.

La más amplia de las sonrisas se ha dibujado en su cara, y creo que en la mía también.

—A la vuelta de las vacaciones de Semana Santa, presentaré mi dimisión en la universidad.

—¿Te incorporarías el 2 de mayo?

—Por supuesto. Trato hecho.

Sin dar tiempo a más, Carlos ordena a su teléfono móvil que llame a la responsable de Recursos Humanos de su empresa.

—Buenos días, jefe. ¿No estabas de vacaciones?

—Así es. Pero quiero que prepares el contrato del investigador principal del nuevo proyecto.

—¿Has conseguido encontrar a la persona perfecta?

—Sí. Y me acaba de confirmar que se incorpora el 2 de mayo.

—Dime quién es, no me tengas en ascuas.

—Sira Pueyo.

—Te felicito. Pensé que no aceptaría, precisamente porque eres su suegro. No hay nadie como ella para el proyecto.

Se me escapa una sonrisa.

—Te escucha, Pilar. Está a mi lado y tengo puesto el dispositivo manos libres del coche.

—Sira, muchas gracias. Me hace muy feliz saber que tú vas a liderar el proyecto. Sé que eres la mejor y la más indicada. Gracias por aceptar.

—Es un placer. Te enviaré mis documentos en cuanto tenga acceso a un ordenador.

—Bienvenida a la empresa. Es una gran noticia. Por cierto, jefe, de momento no vamos a hacer público el fichaje. Esperaremos a que Sira lo comunique a la Universidad.

—Era lo que iba a decirte. Gracias, Pilar. Estamos en contacto.

—Felices vacaciones. Descansad, que os lo merecéis.

De repente, todo ha cambiado. Me siento eufórica. Nunca me había planteado trabajar con Carlos, pero es imposible decir que no a esta oferta. Podremos desarrollar líneas de investigación imposibles en el sector público. No se destinan los recursos suficientes, y es una lástima, porque hay científicos de primera línea que no pueden llegar a desarrollar los proyectos por falta de medios.

Mientras Carlos vuelve a concentrarse en la carretera, siento una extraña mezcla de vértigo y esperanza. Intuyo que aceptar este trabajo es solo el primer paso hacia un futuro que desconozco. He pensado en avisar a Pablo al momento, pero el impulso se ha disipado enseguida. En los últimos tiempos, nuestras conversaciones son conjuntos de monólogos y lo último que necesito escuchar es un "qué bien, cariño", dicho por compromiso. Y si soy sincera, quiero evitar a mi suegro el mal trago de comprobar lo mal que va nuestro matrimonio si lo llamo desde el coche.

CAPÍTULO 11

Carlos

Ayer fue un día grande. Conseguimos firmar todos los papeles relativos a la herencia de la casa y Sira aceptó ser la líder del nuevo proyecto de mi empresa. Para celebrarlo, ayer salimos a cenar a un pequeño restaurante que no conocíamos, y creo que repetiremos más de una vez. Un local pequeñito, pero con encanto, y un chef que -estoy seguro- obtendrá una estrella Michelin en un futuro no muy lejano.

Sira y yo hemos dormido en la casa familiar. Voy a invertir un buen dinero en un proyecto de renovación respetando los materiales y el estilo de la zona, pero, de hecho, mi tío la conservó tan bien que es habitable tal y como está. Hemos utilizado los dos dormitorios que están en mejor estado, y hemos encontrado todo lo necesario. Hay sábanas, mantas, toallas y todo el ajuar necesario. Ya me he aprendido la palabreja.

Sira ha decidido contar a Pablo su fichaje por mi empresa, y está emocionada hablando con él por videollamada desde el ordenador que ha instalado sobre la mesa en la que hemos tomado el desayuno. Me pongo a su lado para dar la noticia a mi hijo, cuando, de repente, tras él —que hoy teletrabaja desde su casa—, aparece su secretaria despeinada y vestida solo con un tanga.

Creo que me va a dar un infarto. Sira se levanta bruscamente y se va llorando, subiendo las escaleras. No puedo moverme de allí sin decirle a mi hijo lo que pienso.

—Pablo, ¿no has podido venir por estar con esa mujer que está detrás de ti?

Mi hijo se queda blanco. No la ha visto aparecer hasta que ha escuchado mis palabras.

—Papá, no es lo que parece – balbucea.

—No, de verdad, no necesito que me expliques tonterías. Te felicito, acabas de cargarte tu matrimonio. Espero que te haya valido la pena. Voy con Sira: la has destrozado, hijo.

Cierro el ordenador de un golpe seco y voy en busca de Sira. La oigo vomitar en el cuarto de baño situado entre nuestras dos habitaciones. Me da miedo que se desmaye, así que abro la puerta. Me la encuentro totalmente pálida, con los ojos rojos y corro a ayudarla. Está en estado de shock. Su mundo se ha hundido en un solo instante, mientras intentaba compartir con Pablo su felicidad por trabajar en mi proyecto. Mierda. Es de una crueldad absoluta. Llevan casados menos de un año, y todos sus planes de futuro se acaban de venir abajo de un plumazo. La tomo entre mis brazos firmemente mientras esconde su rostro en mi pecho. En este momento detesto a mi hijo e incluso me avergüenzo de él. Siento las lágrimas de Sira mojar mi camisa mientras llora sin consuelo. Permanecemos así unos minutos y, cuando deja de convulsionar, me separo un poco de ella para secarle las lágrimas.

—Princesa, lávate la cara y baja, que nos vamos a dar un paseo juntos. Necesitas que te dé el aire.

Con cara triste, la contemplo mientras se cepilla los dientes, se lava la cara y recoge su melena en una coleta improvisada. Es una mujer bellísima incluso en estas circunstancias, y siento una inmensa rabia en mi interior por lo que acaba de acontecer. Baja las escaleras delante de mí y le cojo una chaqueta del perchero. Ella ni siquiera ha pensado en ello, pero no quiero que pase frío.

El sol de abril comienza a brillar y, al salir del pueblo hacia el camino de la fuente, se escuchan los pájaros cantar. Es una delicia para los oídos, pero ahora Sira no puede disfrutar de ello. Enlazo mi mano con la suya en silencio y nos dedicamos a pasear. Siento que su respiración se calma poco a poco y que intenta inspirar profundamente. No la suelto porque creo que necesita la realidad del contacto de una mano amiga.

Siento que mi teléfono vibra insistentemente. Lo miro de reojo y es el imbécil de mi hijo. Ahora sí. Ahora se preocupa por ella. Su móvil ha quedado abandonado sobre la mesa de madera, por lo que Pablo no obtiene respuesta. Mejor. No quiero que hable con ella. Le envío un mensaje de voz, claro y seco.

—Pablo. No la llames y, sobre todo, ni se te ocurra presentarte aquí. Déjala tranquila, por favor. Cuando esté preparada, hablará contigo para decirte lo que tenga que decir.

Sira presencia mi airada respuesta. Me mira a los ojos y sigue sin hablar mientras continúa cogida de mi mano. Llegamos a un claro en el camino que anuncia la presencia de la fuente centenaria y nos sentamos sobre una gran piedra de superficie plana.

—Carlos, me divorcio. No tiene ningún sentido continuar después de esto.

—Te entiendo, aunque me duela en el alma, princesa. Siento que mi hijo sea un imbécil.

—No es culpa tuya. Lo peor de todo es que también te pierdo a ti —dice, comenzando a sollozar mientras se tapa la cara.

—De eso nada. No consiento que te alejes de mí. Te puedes divorciar de mi hijo, pero no quiero que salgas de mi vida. Deseo que continuemos viéndonos tan a menudo como ahora.

—Pero ya no serás mi suegro. No volveremos a tener celebraciones familiares.

—Te considero mucho más que mi nuera. Además de trabajar juntos, quiero seguir viéndote. Podemos salir a cenar, ir a exposiciones, hacer lo que hacemos ahora. Y por supuesto, cuento contigo para esta casa. Vas a tener tu propia habitación. Sabes que Pablo nunca vendrá; no se siente vinculado a este lugar. Tú eres mi amiga, y me has acompañado en los peores momentos. Yo voy a estar para ti, Sira.

—Tengo que buscar un piso —enuncia, intentando pensar en su futuro más inmediato-. No soportaría volver a esa casa, donde Pablo ha estado con ella, seguro que incluso en nuestra cama.

—Yo te ayudaré como tú has hecho conmigo. Tendrás una vivienda proporcionada por la empresa. Colaboramos con una agencia que ayuda a mis investigadores en caso de traslado, y ellos lo harán todo. No te preocupes por nada.

—No es necesario; mi sueldo me da para alquilar un piso.

—Es una de las condiciones del contrato, no es ningún regalo. Si te parece, podrías buscar un piso cerca de mi casa. Así podemos vernos a menudo, e incluso ir y volver del trabajo juntos. Por cierto, ¿conoces algún abogado para el divorcio?

—No, por supuesto que no. Prefiero que todo se lleve de manera amistosa, pero Pablo es del gremio. No va a ser fácil.

—Voy a llamar al mío y hablas con él.

—Pablo es tu hijo.

—Y tú, mi mejor amiga. Además, no me hables ahora de mi hijo. Si lo tuviera delante, le daría dos host…

Sira me pone el dedo índice en los labios para que no acabe de decirlo, mientras consigo arrancarle una sonrisa. No es mucho, pero después de lo que ha pasado hoy, me siento orgulloso de haberlo conseguido.

CAPÍTULO 12

Pablo

La tormenta perfecta ha estallado hoy, y me ha explotado en toda la cara. Si soy sincero conmigo mismo, creo que todavía no soy consciente del alcance de los daños que asolarán mi vida tal y como es hasta ahora.

Después de pasar la noche en la cama con mi secretaria, Sira me ha llamado esta mañana para contarme que mi padre la ha fichado como investigadora principal. Estaba emocionada, su mirada brillaba mientras hablaba. Y entonces...

No doy crédito a lo ocurrido. Contaba con la lealtad y discreción de Vanessa. Es mi secretaria, joder. Ayer nos enrollamos en el despacho, y sabiendo que Sira estaría en el Pirineo con mi padre, decidí traerla a casa. No tengo ni la edad ni las ganas de hacerlo en el coche, a escondidas, como un chaval de dieciocho años, aún con granos de acné juvenil en la cara.

Llegamos tarde y descorché una botella de champán. Bebimos mientras tonteábamos, y acabamos desnudos en mi cama. Vanessa es todo un volcán y sabe muy bien cómo volver loco a un hombre. Pero no era más que sexo, al menos para mí.

Vanessa, intencionalmente, se ha paseado desnuda por el salón mientras hablaba por videollamada con Sira. Al otro lado no solo estaba mi mujer, sino también mi padre, que ha presenciado la escena en su totalidad al mismo tiempo que ocurría. Todo un acierto por parte de mi secretaria, que quizá pensaba que iba a dejar a mi mujer por ella.

De momento, Vanessa está despedida. Me va a costar una pasta, pero lo que ha hecho no tiene nombre. Según mi padre, Sira me va a pedir el divorcio.

Espero poder convencerla de que no ha sido nada, solo sexo tras un día de trabajo con mucha tensión. Es solo un desliz. Vanessa se dedicó a calentarme de lo lindo cada vez que entraba en el despacho, y cuando al final de la jornada se sentó sobre mis rodillas y se desabrochó la blusa, no fui capaz de controlarme.

De momento Sira y mi padre se van a quedar durante dos semanas más de lo previsto en la casa del Pirineo. Espero que este tiempo, un mes en total, sirva para enfriar el dolor que le he causado. Mi padre me ha prohibido presentarme allí para recuperar a mi mujer, porque dice que necesita su espacio y tiempo para sanar el daño que he ocasionado. Está furioso conmigo, jamás lo había visto hablarme con la dureza que ha empleado en cada conversación que hemos tenido tras el incidente.

En algunos momentos temo que mi padre tenga razón y Sira no me perdone. Podría ocurrir. Al fin y al cabo, no tenemos hijos, y hace menos de un año que nos casamos. Si he roto definitivamente mi matrimonio, no sé qué voy a hacer.

Hoy voy a cenar con mi madre. Desde que papá se divorció de ella la he visto bastante a menudo, creo que incluso más que a Sira. No lo lleva mal del todo. Se cuida más, sale mucho con amigas y planea varios viajes para los próximos meses. Eso sí, se niega a ver a mi padre y a asistir a reuniones familiares. Creo que es la única que se va a alegrar de lo ocurrido entre Sira y yo.

Nunca ha aceptado demasiado bien mi relación con ella. La ha considerado como una amenaza, y ha hecho lo posible para ponerle las cosas difíciles. Para más inri, la relación de Sira con mi padre siempre ha sido excelente. Ella ha representado la enemiga a batir desde el momento cero.

Por si las moscas, he llamado a mi amigo Lucas Ondarra, compañero de estudios y famoso abogado matrimonialista, para que me aconseje sobre cómo actuar en caso de que Sira insista en divorciarse. Los tres polvos de esta noche pueden salirme pero que muy caros. Y todo eso, la primera vez que he sido infiel a mi mujer.

◆ ◆ ◆

Las semanas en las que Sira se ha quedado en el Pirineo con mi padre han sido una tortura. Esperaba cada día que me escribiera, que me llamara, que me diera una oportunidad para explicarle lo que había pasado. Pero su silencio era absoluto, y cada jornada sin noticia suya pesaba más que la anterior.

Cuando por fin regresa a la ciudad, le pido que nos veamos. Acepta, pero su respuesta, tan seca, ya me anticipa que no hay esperanza. Quedamos en una cafetería pequeña, lejos de los lugares habituales del centro que están siempre abarrotados. Llego mucho antes de la hora en que nos hemos citado, incapaz de estarme quieto. Miro el móvil, repaso mentalmente todo lo que podría decirle, alguna frase milagrosa que la haga recapacitar.

Cuando entra, la reconozco en seguida. Lleva la cabeza alta, la expresión serena, pero sin ningún rastro del cariño de antes. Se sienta frente a mí. El silencio es incómodo. Cuando intenta hablar, noto que su voz no le tiembla.

—Pablo, quiero divorciarme —lo suelta, directo, como un golpe seco—. No quiero más explicaciones; tampoco espero disculpas ni promesas. No tiene sentido. Solo quiero que esto termine cuanto antes.

No me esperaba que fuera tan tajante. Me cuesta respirar y siento que el aire no llega a mis pulmones. Me oigo, como de lejos, intentando buscar una grieta, una mínima posibilidad:

—Sira, por favor... Me equivoqué, lo sé. Pero no significó nada. Podemos solucionarlo, yo puedo cambiar —sueno todavía más patético de lo que imaginaba, pero no me importa ahora.

Ella niega, cortante.

—No. Ya no quiero estar contigo. Me he perdido demasiado en esta relación y no pienso seguir haciéndolo. Puedes quedarte con la casa. No quiero nada.

Su declaración me descoloca aún más. No le importa nada; solo desea acabar con lo poco que todavía nos une.

—¿La casa? Pero es tuya también... No quiero que renuncies.

—No necesito esa casa, ni tus cosas. No quiero nada que me ate a ti —responde, serena, como si ya hubiera cerrado la puerta por dentro y lanzado la llave a un pozo sin fondo.

Se levanta. Me mira por última vez, sin rencor ni odio. Solo con una extraña compasión. Y se va.

Me quedo allí, sentado y aturdido. Miro a mi alrededor como si el mundo fuera ajeno a lo que conozco: las tazas de café, las conversaciones banales, la luz que entra por el ventanal. Todo sigue, pero yo no. Ella era mi norte, y ahora no tengo nada.

Tras unas semanas de conversaciones entre mi abogado y el suyo, que resulta ser también el que representó a mi padre, llegamos a un acuerdo.

La casa, aunque todavía esté hipotecada, tiene un valor elevado. Mi padre me propone que yo ceda la mitad de la casa del Pirineo a Sira, ya que no voy nunca y no me siento vinculado a ella. Me parece justo, porque ella se ha involucrado en su reforma personalmente y creo que se merece disponer de un lugar seguro al que regresar. No me importa que comparta la propiedad con mi padre, y al fin y al cabo, ella se siente a gusto allí. Insiste en que no quiere nada, pero mi abogado me dice que debo compensarla por el valor de su parte de la casa. Al final, Sira acepta mi mitad de la casa del

Pirineo. Ella va a vivir en un piso alquilado por la empresa de mi padre, como todos los investigadores principales.

Firmar el divorcio es casi un trámite mecánico. Sira ni siquiera viene personalmente a recoger sus pertenencias, y yo me quedo en la casa, que ahora me parece fría y enorme. Paso las noches dando vueltas, incapaz de dormir, imaginando que en cualquier momento ella entrará y todo esto habrá sido una pesadilla. Pero no es una pesadilla. Es real. Y, por primera vez, no sé cómo dibujar el camino de mi vida, la real, más allá del trabajo. Y no imagino que, justo en este vacío, todo vaya a empezar a girar de nuevo.

CAPÍTULO 13

Carlos

Han pasado seis meses desde que Pablo y Sira firmaron el divorcio, y la vida ha encontrado una nueva rutina, aunque, bajo la superficie, todo sigue cambiando.

Tal y como le dije, su contrato con mi empresa, Helix, incluye el alquiler de una vivienda, al igual que el de los demás investigadores principales. Como ella había hecho conmigo unos meses antes, la ayudé a encontrar el piso que se adaptaba a lo que ella buscaba. Ahora reside en un bonito ático a un par de calles de mi casa.

Al igual que hacíamos antes, a menudo cenamos juntos. A veces salimos a un restaurante, pero en otras ocasiones preferimos quedarnos en casa de uno de los dos, cocinando lo que nos apetece. En verano, la piscina de mi casa nos ayuda a soportar el calor que parece abrasar la ciudad. Fuera de la empresa seguimos siendo amigos y compartimos mucho tiempo de ocio juntos.

En el terreno laboral, Sira y yo trabajamos codo con codo en Helix, y con cada día que pasa, la veo más fuerte, más centrada, más ella misma. En la empresa ha conseguido ganarse el respeto de todos, incluso de los más escépticos. Algunos todavía no entienden cómo una mujer tan joven se ha hecho con el liderazgo de un proyecto tan ambicioso, pero nadie duda de su valía.

Admito que, por momentos, me cuesta separar mi admiración profesional de lo personal. Sira me despierta una admiración nueva, más compleja. La seriedad con la que discute resultados en una reunión, la pasión con la que defiende a su equipo, la forma en que escucha —tan diferente a la de casi todos los ejecutivos que he conocido—. Es otra persona, la que he conocido fuera del rol de nuera: hay algo magnético en su independencia y en el modo en que reclama su lugar en el mundo.

Lo he notado especialmente desde que vino conmigo un fin de semana a la casa del Pirineo. Ahora es también su casa, porque aceptó que Pablo le cediera su mitad para finalizar los flecos de la división del patrimonio que tenían. Fue idea mía, y me alegro mucho de compartir la casa con alguien que la valora y la quiere como yo mismo.

El caso es que ese fin de semana subimos a la casa para preparar unos informes urgentes lejos del ruido de la ciudad. El aire fresco, la luz de la tarde filtrándose por las contraventanas, el silencio interrumpido solo por nuestros tecleos o por el crepitar de la leña en la chimenea. Cocinamos juntos y cenamos en la mesa de madera, bajo la lámpara antigua, hablando de todo menos de Pablo.

Una noche, después de cenar, nos quedamos en el salón con una copa de vino delante del fuego. El silencio era distinto al de la ciudad: aquí, la ausencia de ruido lo llenaba todo. Sira, sentada en el sofá, se arropaba con mi jersey y tenía las piernas cruzadas bajo el cuerpo. Yo me acomodé a su lado, a una distancia prudente pero cada vez menos cómoda.

—¿No echas de menos la vida que tenías antes? —me preguntó de pronto—. Digo... antes de todos estos cambios, de la soledad.

Sonreí, mirando el fuego.

—No lo sé. A veces pienso que sólo extrañamos la costumbre, no la vida en sí. La costumbre puede ser una jaula muy confortable.

Ella se quedó pensativa unos segundos, girando la copa entre las manos.

—Yo echo de menos la sensación de pertenencia. Antes, con Pablo, tenía la ilusión de tener un lugar fijo en el mundo. Ahora... —alzó la vista, y nuestras miradas se encontraron—. Ahora a veces me siento como si estuviera aprendiendo a caminar de nuevo.

—Y lo haces muy bien —le dije, sin apartar la mirada.

No sé cuánto tiempo permanecimos así, mirándonos en silencio. Sentí la tentación, suave y punzante, de inclinarme a besarla. Y supe que ella también lo sentía: vi cómo su mirada bajaba fugazmente a mis labios y después volvía a buscar mis ojos, dudando.

Ambos sonreímos, nerviosos. Estaba al borde de una frontera invisible, sintiéndome más vivo —y más vulnerable— de lo que me permitía recordar.

Aun así, cuando Sira me miró y bajó los ojos hacia mis labios, todo el ruido del pasado desapareció. Solo quedó ese instante suspendido en el tiempo, dulce y peligroso, en el que debía decidir entre dar un paso adelante... o aferrarme al miedo.

—Creo que deberíamos ir a dormir —murmuró Sira, sin moverse.

—Sí —asentí, aunque ninguno de los dos se levantó.

El aire se llenó de ese tipo de electricidad que sólo existe cuando dos personas están a un suspiro de cruzar una frontera. Finalmente, Sira se puso de pie, despacio, y me rozó el brazo al pasar.

—Buenas noches, Carlos.

—Buenas noches, Sira.

Me quedé mirando las brasas, el pulso todavía acelerado y la sensación, tan dulce como inquietante, de que el mundo acababa de girar sobre su eje.

Volvimos a la ciudad con los informes listos, pero desde entonces, las miradas entre nosotros han cambiado. Yo, por mi parte, me esfuerzo por mantener la distancia profesional, pero es inútil fingir que Sira ya no es solo mi colega, ni solo alguien a quien quiero proteger, sino una mujer que me impresiona y me atrae. He delegado la supervisión directa de su proyecto en Pilar porque no sé cómo manejar esta nueva cercanía. Me justifico diciendo que así evito rumores en la empresa, pero la verdad es que me estoy protegiendo de mí mismo.

Por las noches, repaso todo lo que hemos vivido en estos seis meses, desde la dureza de su ruptura con Pablo hasta el resurgir de su alegría. Me doy cuenta de que he dejado de buscar a Sira en el pasado —ya no la comparo con nadie, ni siquiera con la hija que nunca tuve—. Ahora la veo como es: una mujer libre, y yo, un hombre envejecido pero despierto, con ganas de vivir algo auténtico.

Mientras tanto, nos vemos cada día, tanto en la empresa como fuera de ella. Sin querer, la busco con la mirada en cuanto entro en una sala de reuniones. No encuentro la calma hasta que la veo. Un roce casual con su mano mientras cojo un café en la máquina de la empresa puede provocar una reacción exagerada en mi piel.

No sé qué pasará entre nosotros. Solo sé que, en el fondo, espero que el próximo viaje al Pirineo no sea solo por trabajo. Y que, si llega el momento, me atreva a cruzar ese umbral.

Juani

Mi hermano Carlos lleva una temporada que no se la deseo a nadie. En menos de un año ha vivido dos terremotos: su propio divorcio y el de su hijo Pablo. Que conste que puedo llamar gilipollas a mi ahijado Pablo porque soy su madrina y, si no lo hiciera yo, poca gente se atrevería.

No me sorprendió cuando Carlos me contó cómo Sira pilló a Pablo con la secretaria en casa. Ya se veía venir, por cómo andaba Pablo últimamente: siempre con prisas, más pagado de sí mismo, y Sira sola cada vez que nos veíamos. Lo que no me esperaba era la entereza de la chica. Me cuenta Carlos que salió de allí destrozada, pero no se arrastró. Lloró lo suyo, sí, pero levantó cabeza y decidió rehacer su vida sin perder la sonrisa. Y él, mi hermano, ahí estuvo — como una roca. No la ha soltado ni medio minuto, y se nota.

Hoy hemos venido a inaugurar la casa nueva de Carlos. El aire del jardín huele a tierra mojada y a ese verde fresco que solo tienen las plantas recién plantadas. Encuentro a Sira arrodillada en la hierba, con las manos llenas de tierra y ese brillo en la cara que da la satisfacción de ver brotar algo con tus propias manos. Lleva vaqueros viejos, una camiseta y el pelo recogido en una coleta desordenada. Cuando me ve, se sonroja y sonríe, y no puedo evitar quererla un poco más. Huele a flores y a sol.

La abrazo bien fuerte, con ganas de que sepa que aquí tiene familia de verdad. Carlos la mira desde la puerta con un cariño que no había visto en él en años. Hay algo distinto en sus ojos, como si se hubiera quitado un peso de encima y por fin respirara tranquilo.

Cuando regresamos al jardín tras la visita que Carlos nos hace de su casa, Sira ya ha terminado de plantar las flores y hace ademan de irse a su casa.

—Ni pensarlo —le dice mi hermano—. Tú te quedas aquí, he cocinado para los cuatro.

—Pero voy hecha un asco.

—Puedes ducharte aquí, te dejo una camiseta. Creo que te olvidaste una bolsa con ropa limpia el otro día, cuando pintamos el estudio entre los dos. Si no me equivoco, llevaba dentro unos vaqueros.

Sira acepta, como no podía ser de otra manera. Los felicito por la reforma de la casa y su decoración, que es preciosa, elegante y nada ostentosa como el propio Carlos.

—Para ser perfecta, solo faltan niños correteando por todas partes —añade mi hermano con un deje de tristeza.

Creo que Carlos no puede perdonar a su exmujer por no haber querido tener una familia numerosa. Él ansiaba tener más hijos, y Carmina, como quien hace un favor personal, aceptó tener uno solo.

—Todavía puedes ser padre. Para vosotros es más fácil —asevera Sira con gesto despreocupado.

Me fijo en cómo se entienden con solo mirarse, en cómo se ríen de cualquier tontería mientras Carlos presume de los pimientos rellenos que ha preparado y Sira le hace bromas sobre sus dotes de cocinero.

Dentro, la casa huele a horno, a pan tostado y a los recuerdos de nuestra abuela, que siempre cocinaba ternasco cuando se avecinaba algo importante. Sira ha dejado su huella en cada rincón: flores en la ventana, cojines de colores, la mesa puesta con un gusto sencillo pero cálido. Es la casa de Carlos, sí, pero también de alguna manera, es la de ella, aunque viva en un piso no lejos de aquí.

Durante la comida, mi marido y yo nos miramos a ratos y asentimos en silencio. Es imposible no ver la felicidad que llena la sala, las risas flojas, los brindis, la paz de estar en el sitio justo. No habíamos visto nunca tan relajado a Carlos mientras duró su largo matrimonio con Carmina. Hasta el jardín parece más luminoso.

Cuando terminamos y Sira se levanta para recoger los platos, la detengo.

—Por hoy ya has trabajado bastante. Ahora me toca a mí.

Mientras charlamos, pienso que, por fin, mi hermano tiene un hogar de verdad. Una familia que lo abraza, con sus rarezas y sus heridas, sí, pero también con ganas de celebrar lo bueno. Carlos observa a Sira mientras habla con el semblante tranquilo de alguien que sabe que ha recuperado la paz que tanto le había faltado.

Y lo mejor de todo es que tengo el presentimiento de que esto es solo el principio. Aquí, entre el olor a tierra mojada y a pan recién salido del horno, sé que pronto vendrán cosas buenas —y esta vez, nadie va a dejar escapar la felicidad.

CAPÍTULO 14

Sira

Es sábado otra vez, y la semana se me pasa volando, casi sin darme cuenta. No sé si será un día tan relajado como parece, pero prefiero no pensar en lo que vendrá la semana que viene en la fiesta de Helix, el gran acontecimiento del año en la empresa, al que asistiré por primera vez. Esta mañana he ido al gimnasio, con la tranquilidad que da no tener prisa por ir a hacer la compra o cocinar. Ayer fui a buscar todo lo que necesitaba al Hipercor del centro comercial cerca de mi casa, así que tengo tiempo para mí. Desde hace unas semanas, dispongo de ayuda en casa para hacer las tareas del hogar. Adriana, la señora que viene tres veces por semana a mi piso, es un encanto. Algunos días coincido con ella durante una media hora antes de ir a trabajar, y me cuenta cosas de su país de origen, Cuba. Comprendo que lo echa de menos y que necesita hablar para mantener vivo el recuerdo.

Adriana es una fan declarada de mi suegro. Solo lo ha visto una vez, pero se quedó impresionada con el "galán de cine", como lo llama ella. Me hace reír cada vez que me pregunta por él. Yo le digo que es mi jefe, sin mencionar que también es mi exsuegro.

—Ay, Sira, tendría que intentar enamorarlo. Los hombres así no se ven todos los días —me aconseja, muy seria, cada vez que tiene ocasión.

Hablando de Carlos, hoy hemos quedado después de comer para

elegir los muebles de cocina para la casa del Pirineo. Como siempre, voy a tomar café a su casa y me lo encuentro vestido solo con los pantalones del pijama. Es muy raro en él, porque acostumbra a estar siempre arreglado cuando me espera.

Me saluda con dos besos y noto que su temperatura no es normal —la mía tampoco, pero es culpa suya por recibirme con el torso desnudo.

—¿Te encuentras bien? Creo que tienes fiebre, Carlos.

—No, creo que he pillado algo. Me duele todo desde que me desperté esta mañana.

—Ven, siéntate. Iré a buscar el termómetro.

Me dirijo al cuarto de baño y cojo el termómetro del pequeño armario blanco. Sé dónde está porque yo misma le compré el botiquín y lo guardé cuando lo ayudé a instalarse en esta casa.

Cuando regreso al salón, le tomo la temperatura y veo que está a 38,8°.

—Con esta fiebre no vamos a ningún sitio, Carlos. ¿Has comido algo?

—No he tenido fuerzas para levantarme.

—Yo te preparo la comida y te tomas un ibuprofeno antes de acostarte.

—No hace falta, Sira.

—Ya lo creo que sí. Deja que te cuide, igual que tú lo haces conmigo.

Acepta a regañadientes mientras se tumba en el sofá para descansar. Voy a la cocina y en un momento le preparo un plato con un poco de ensalada, pechuga de pollo a la plancha y unos chips de boniato en la air-fryer, que sé que le pirran. Preparo la mesa, sin olvidar el comprimido de ibuprofeno, y me siento frente a él, para hacerle compañía mientras come.

—Gracias, está todo buenísimo.

—No tienes que darme las gracias. Con todo lo que has hecho por mí...

—Haría cualquier cosa por ti, Sira. Siempre —me dice, mirándome a los ojos. Y sé que es cierto.

Le sonrío y en mi cara sabe que encuentra la respuesta. Yo también haría todo por él.

Cuando acaba de comer, le propongo que se acueste. Necesita reposo y su cuerpo necesita luchar contra lo que sea que le provoca la fiebre.

—Yo recogeré los platos. Ve a la cama y descansa. Si no te importa, me quedo aquí leyendo un rato.

Asiente, y me toca el hombro cuando pasa por mi lado. Yo llevo los platos a la cocina y limpio lo que he ensuciado mientras cocinaba. Me preparo un café y me lo tomo tranquilamente mientras leo una novela que he encontrado en su biblioteca. Es tan fácil cuidar de él, sentirme útil, que a veces olvido que no somos solo amigos, que hay algo tan intenso entre los dos que me asusta. Pero hoy no quiero pensarlo. Hoy solo quiero que se cure, que me sonría, que me llame princesa y que el mundo sea sencillo, aunque sepamos que no lo es.

Al cabo de un rato, oigo su voz llamándome. Me pongo de pie y voy hacia su habitación. Al llegar allí, me lo encuentro dormido, bañado en sudor mientras dice mi nombre.

—Sira... Sira...

Me acerco y le toco la frente. Todavía tiene fiebre, pero creo que le ha bajado un poco. Voy a buscar una toalla pequeña y la mojo con agua fresca en el cuarto de baño de su habitación.

Al volver, me siento a su lado en la cama y le pongo la toalla húmeda en la frente para ayudarlo a bajar la temperatura. Sin despertarse, reacciona a mi presencia.

—Sira, mi amor... —dice, agitado.

Mi corazón se salta un par de latidos al escucharlo. Limpio las perlas de sudor frio de su frente y me estiro a su lado en la cama, mientras acaricio su cabello ondulado. Pienso en sus palabras y me doy cuenta de que él también siente que las cosas han cambiado, que ya no soy su exnuera, sino que somos algo diferente. Un hombre y una mujer. Tan sencillo y tan complicado a la vez, porque además de ser mi jefe, compartimos un pasado.

En sueños, percibe mi cuerpo junto al suyo y me abraza de una forma casi posesiva. No me atrevo a moverme, a romper este momento, aunque no sea del todo honesto por mi parte porque él está dormido y tiene fiebre. Aspiro su aroma y me dejo ir entre sus brazos. Me aprieta contra su cuerpo y siento en mi vientre un deseo que crece en él sin pedir permiso, que me hace sentir que sigo viva de verdad. Desde aquella aciaga mañana en la que descubrí la infidelidad de Pablo, no he tenido vida sexual. Al menos, compartida, porque en solitario me he autorizado últimamente a darme placer en secreto, pensando en alguien que ahora yace a mi lado, dormido y preso de la fiebre.

Acabo por ceder al sueño y me quedo dormida abrazada a él. Al cabo de un rato que no sabría medir, su voz me despierta.

—Buenos días, princesa. Te has dormido a mi lado.

Me incorporo, todavía somnolienta, mientras él me dedica una amplia sonrisa desde su metro noventa.

—¿Estas mejor?

—Como una rosa, gracias a tus cuidados.

—No he hecho nada, ha sido tu sistema inmunitario, Carlos.

—Me has hecho la comida, y te has dormido a mi lado. Eso cura, ya lo ves. Te invito a cenar fuera. ¿Sushi? -propone, con esa media sonrisa a la que no puedo decir que no.

—Perfecto, sabes que me chifla.

—Y a mí. En marcha, iremos andando.

Me estiro la ropa, me peino y cojo el bolso mientras él ya me espera en la puerta. No hace frío y agradezco caminar un poquito hasta el restaurante, situado a unos veinticinco minutos a pie desde donde vive Carlos.

Por el camino, charlamos relajados de todo menos del trabajo. Ahora no es mi jefe, sino el fiel amigo que siempre está a mi lado. En un momento, se para y me pregunta con un deje de temor en su voz:

—Sira, creo que te he llamado mientras dormía. Estaba soñando contigo.

—Lo has hecho; ya me he dado cuenta de que era un sueño.

—Dime una cosa, ¿te he dicho algo inconveniente? —pregunta, muy serio.

—No, para nada —prefiero tranquilizarlo, aunque en realidad es cierto porque no me ha molestado que me llamase amor—. ¿Por qué lo preguntas?

—Porque acabo de recordar todo el sueño.

Carlos se queda en silencio durante un segundo, antes de retomar nuestro camino y la conversación que manteníamos antes de detenernos. Mientras caminamos juntos hacia el restaurante, pienso que hay gestos —una caricia, una palabra— que lo cambian todo, aunque nadie lo diga en voz alta. Y aunque corro el riesgo de perderlo todo, no quiero dejar de sentirme viva, ni por un instante. De momento, me espera una estancia de dos meses y medio en Cambridge, pero el norteamericano. El mítico MIT me espera para realizar el sueño de mi vida profesional. Ya casi he acabado de preparar las maletas. El vuelo a Boston me espera en pocos días.

CAPÍTULO 15

Sira

La noche antes de irme al MIT cenamos en casa de Carlos. La ciudad arde desde hace varios días bajo una ola de calor, así que, después de los mojitos, nos metemos en la piscina iluminada solo por la luz azulada del borde. El agua esta tibia y noto el aire cargado de despedida.

Reímos, hablamos de ciencia y de viajes, y durante un rato finjo que no estoy hecha un nudo por dentro. Cuando salgo del agua, me siento en el borde y Carlos se sienta a mi lado, empapado y con el pelo revuelto, como un chaval. Hay un momento en que la risa se apaga y el silencio lo llena todo.
—Te voy a echar de menos —le digo, sin rodeos.

Carlos me mira, serio por un instante. Se acerca, me acaricia la mejilla con una mano mojada. Yo le tomo la mano, la apoyo contra mi cara y él, apenas temblando, me besa el dorso de los dedos.

—No sé qué voy a hacer sin ti estas semanas, Sira —murmura.

Nos quedamos así, muy juntos, pero nos contenemos. Es demasiado pronto, demasiado importante para estropearlo con prisas. Cuando me voy a vestir de nuevo, sé que algo ha cambiado para siempre.

Al día siguiente, Carlos insiste en llevarme al aeropuerto de Barcelona. El viaje en coche transcurre entre silencios y canciones de la radio que ninguno de los dos escucha realmente. Al llegar, en la puerta del control de seguridad, me mira como si quisiera memorizarme.

—¿Me dejarás ir a verte a Boston? —pregunta, casi en broma, casi en serio.

—Claro que sí.

Dudo un segundo y me acerco. Antes de que la lógica pueda detenernos, nos besamos dulcemente, casi temerosos. No podemos separarnos, su mano en mi cintura me acerca a su cuerpo, y siento que ambos estamos ardiendo.

—Si no entras ahora mismo al control de seguridad, no respondo de mí. Soy capaz de subir contigo a ese avión.

—Me encantaría que lo hicieras.

—No me tientes. Si tú me dejas, antes de lo que crees estaré en Boston contigo.

—Ya te echo de menos.

Al cruzar el control y mirar atrás, sé que acabo de dejar media vida al otro lado del cristal.

Carlos

El beso de despedida de Sira me acompaña durante días, como una quemadura dulce bajo la piel. Cada noche, en la cama demasiado grande y vacía, cierro los ojos y repaso el roce de su mano, el temblor de su boca, la chispa que me atraviesa cuando pienso en ella. Es una ausencia física, feroz, que no se parece en nada a la soledad antigua de mi matrimonio.

Cuando decido ir a Boston, lo hago casi de forma impulsiva. Preparo la maleta con una inquietud adolescente, reviso los billetes tres veces, me sorprendo eligiendo camisas nuevas y dudando frente al espejo. ¿Y si allí, en el MIT, rodeada de gente brillante y joven, Sira descubre a alguien mejor? Un hombre de su edad, sin las cicatrices ni el peso de una vida entera a cuestas. Me descubro celoso, inquieto, inseguro —sentimientos que creía olvidados y que ahora me sacuden con fuerza inesperada.

El vuelo es largo y, mientras el avión atraviesa el Atlántico, no consigo dormir. Todo me parece irreal: la ciudad de luces lejanas bajo mis pies, la promesa de verla al otro lado del océano, el miedo de encontrar a Sira distinta, cambiada, tal vez más lejana.

Al fin, la veo salir del vestíbulo entre universitarios con mochilas y auriculares. Lleva el pelo recogido y un foulard que no le había visto nunca. Está más delgada, quizá, o es solo la distancia. Cuando me mira, sonríe y todo el vértigo desaparece. El abrazo es largo, torpe al principio y luego casi desesperado. Me hundo en su olor, en el calor de su cuerpo, y sé que he cruzado medio mundo porque no puedo permitirme perderla.

Los días en Boston son una revelación. Caminamos bajo los árboles dorados de Harvard Yard, el frío nos enrojece la piel y nos hace reír mientras compartimos un café caliente en un banco. Ella me muestra su laboratorio y yo la observo discutir ciencia en inglés, gesticulando, segura. Me siento orgulloso —y, sí, un poco más celoso aun cuando un compañero se detiene demasiado tiempo a hablarle—. No quiero que nadie más la haga sonreír así. No quiero que se olvide de mí ni un solo día. Por las noches, después de cenar en algún local diminuto donde la música es demasiado alta y las luces demasiado tenues, volvemos caminando de la mano. Cuando llegamos a su apartamento, Sira me invita a pasar. El sofá cruje bajo nuestro peso, y hablamos hasta que el sueño se nos cuela entre los dedos. La distancia, por fin, deja de doler. Antes de volver a España, la última tarde, paseamos junto al río Charles. El cielo es azul, el aire frío y claro. Sira me besa en la mejilla y dice, en voz baja:

—¿Volverás antes de que acabe mi residencia?

—Solo si tú me lo pides.

—Te lo estoy pidiendo. Ya te echo de menos, Carlos.

Le prometo que así será y, cuando subo al avión de regreso, llevo el corazón ligero y una nueva ilusión, muy viva dentro de mi pecho. Ahora solo pienso en la fiesta de Juani, en volver a verla, en abrazarla sin miedo ni despedidas.

Sé que he cruzado una frontera invisible. Estoy enamorado, sin remedio, y esta vez quiero vivirlo sin reservas.

CAPÍTULO 16

Sira

No suelo adelantarme a los acontecimientos, pero la sola idea de ver a Pablo hoy hace que me duela el estómago desde primera hora. No es miedo —al menos, eso me repito—, sino esa mezcla de incertidumbre y pudor que dejan los capítulos mal cerrados. La excusa es perfecta: el cumpleaños de Juani, con toda la familia reunida en la casa nueva de Carlos. Hay primos, amigos de siempre, viejos conocidos y el inconfundible bullicio de las celebraciones grandes. Juani es la madre de Jorge, quien forma parte de mi equipo más próximo, y lo adoro, igual que a Juani.

Llego temprano y ayudo a colocar flores en las mesas del jardín. El aire huele a césped recién cortado y a pan caliente; las risas, los saludos y los niños corriendo lo llenan de calidez. Carlos me recibe con una sonrisa que solo yo sé leer; Juani me abraza fuerte, y por un rato consigo olvidarme de que en cualquier momento puede aparecer Pablo.

No tarda mucho. Oigo su voz antes de verle, esa mezcla de seguridad y prisa que siempre lo acompañó. Está rodeado de Jorge y de un par de primas, más delgado, quizá más serio. Cuando nuestros ojos se cruzan, siento un escalofrío que esperaba, pero que no me hiere como antes. Apenas un eco.

Nos saludamos con dos besos, con todos mirando, como si fuéramos viejos amigos o parientes lejanos. Nadie, salvo quizá Carlos, ve el temblor en mis dedos. Pablo sonríe, cortés, y comenta algo trivial sobre mi trabajo en Helix, sobre lo bien que me ve. Asiento, agradezco el cumplido, y en ese instante entiendo que no hay nada más entre nosotros. Solo pasado. Solo cicatriz.

La comida se alarga. Hay momentos de conversación en grupo y otros en los que, por casualidad, Pablo y yo nos encontramos a solas, acodados en la barra improvisada del jardín. Él parece querer decir algo, se le nota en la forma en que no sabe dónde poner las manos, pero no se atreve. Yo tampoco. No es rabia ni resentimiento lo que me queda cuando lo veo a mi lado, sino un cansancio ligero, una paz tibia. Me doy cuenta de que su presencia ya no altera nada, que puedo mirarle y sentir compasión, incluso gratitud, pero no amor. Todo lo que fue, cabe ahora en una sala pequeña del corazón, como un trastero en el que guardo un punado de recuerdos.

En algún momento, Jorge cuenta una anécdota inocente sobre nuestra boda y todos ríen a carcajadas. Pablo y yo cruzamos la mirada y compartimos por primera vez la sensación de estar fuera de la tormenta. Es extraño, pero real.

Al final del día, cuando las luces del jardín se encienden y el aire se llena del aroma de las flores blancas del jardín, Pablo se despide primero. Me busca entre la gente, se acerca y, en voz baja, dice:

—Me alegro de verte bien, Sira. De verdad.

Le sonrío y, por primera vez, la sonrisa sale sin esfuerzo.

—Yo también te deseo lo mejor, Pablo.

Me doy cuenta de que lo nuestro es ya solo un susurro en una sala vacía, una melodía que se apaga.

Él asiente, se marcha. Lo veo desaparecer entre abrazos y palmaditas en la espalda, y al volverme, busco con la mirada a Carlos —sin miedo, sin culpa, solo con un deseo tranquilo de estar cerca de quien me sostiene en tiempo presente.

Y mientras la noche cae y la música sigue, me doy cuenta de que por fin he cerrado una puerta. Al otro lado, solo hay luz.

Juani, que ha contemplado la escena desde lejos, viene a buscarme, y me da un largo abrazo en silencio, porque no hacen falta palabras entre nosotras. El olor a su colonia y el calor apretado de su abrazo, me devuelven a un lugar seguro.

Luego, me coge de la mano y me lleva hasta donde está Carlos. Al verlo, siento que las piernas me flaquean. Me he hecho la fuerte durante todo el día, y entre sus brazos mi cuerpo se rinde y por fin lloro, sintiendo su pulso firme contra mi mejilla, en un rincón del jardín donde nadie nos ve.

—Ya no siento nada al verlo, Carlos. Es una sensación extraña, como un eco lejano.

Sin soltarme, me besa en la cabeza. Sabe que necesito su apoyo, tras darme cuenta de que Pablo es solo eso, pasado.

Carlos

Hoy hemos celebrado en mi casa el cumpleaños de mi hermana Juani. Ha sido una ocasión perfecta para reunirnos toda la familia. Me doy cuenta de que es ella la que consigue aglutinarnos a todos, y quiero que disfrute de la fiesta. Hemos montado unas mesas fuera, y Sira me ha ayudado a prepararlo todo. Tiene un gusto exquisito para estas cosas.

El jardín ya luce en todo su esplendor, con las flores que ella plantó y con las enredaderas que han crecido mucho en estos meses. La piscina iluminada y las guirnaldas de bombillas de colores han creado un escenario precioso para la fiesta de Juani.

Sin embargo, lo que me ha tenido preocupado todo el tiempo es el reencuentro de mi hijo Pablo con Sira. Es la primera vez que se han reunido tras su divorcio, y temía que fuera un momento desagradable para ellos.

Pablo se ha volcado en su trabajo, pero también en apoyar a su madre tras nuestro divorcio. Supongo que considera que ella es el eslabón débil, y por eso ha estado a su lado más de lo habitual.

Durante todo el día he mantenido la distancia con Sira. No es momento de que la familia se dé cuenta de que algo está naciendo entre nosotros. Además, considero que Pablo y Sira tienen que retomar su relación, ahora como expareja, para poder poner todos los sentimientos en su sitio. Quiero que ella sea consciente de la presencia de mi hijo, para que sepa exactamente qué es lo que siente. Si no cierra correctamente esa etapa no estará en condiciones de seguir construyendo algo conmigo, entre nosotros.

No niego que tengo miedo. ¿Y si se dan cuenta de que todavía sienten algo el uno por el otro? Podría ser, y en ese caso, yo no me interpondría entre ellos.

Casi al caer el sol, Pablo viene a despedirse de mí.

—Papá, te ha quedado una casa preciosa.

—Gracias, hijo. Ven cuando quieras, te echo de menos.

—No te lo tomes a mal, pero he estado más pendiente de mama últimamente. Tú tienes mucha gente alrededor, una gran familia, y también tienes ... a Sira.

Me quedo en silencio. No sé si me está reprochando algo. Decido dejarlo hablar.

—Se ve su toque en la decoración, y también en el jardín. Creo que habría sido una gran interiorista y decoradora de no ser científica. ¿Como os va en la empresa, trabajando juntos?

—Tienes razón, me ha ayudado mucho con la casa, igual que hizo con la casa del Pirineo. Sabes que nos comprendemos bien. En la empresa está haciendo muy buen trabajo, es buena en lo suyo.

—Ya me ha comentado Jorge. Es su jefa, y la adora.

—Si, tiene un buen equipo muy unido. ¿Y a ti, cómo te va, hijo?

—En el trabajo como siempre, a tope. En la vida personal, intento salir un poco, pero no te engañare, no estoy en mi mejor momento.

—Date tiempo, Pablo. Fue todo muy repentino, no tiene nada que ver con mi situación.

—Puedes decirlo, papá. Fui gilipollas. Me olvidé el cerebro dentro del calzoncillo.

Casi me dan ganas de reír al escucharlo. Pero de repente, me viene a la cabeza la imagen de Sira, vomitando, destrozada por la visión de la otra mujer medio desnuda en su salón.

—No te voy a decir lo que ya sabes. Ya eres adulto.

—Soy gilipollas, insisto. La perdí para siempre. No sé si volveré a encontrar a alguien.

—Claro que sí, hijo. Eres joven y tienes toda la vida por delante.

—No sé si fue mi subconsciente. Sira quería tener hijos pronto: adora a los niños y sueña con tener una familia numerosa. Quizá no me sentí preparado, papá.

No hemos hablado con Sira de este tema, pero en mi interior siento una punzada indescriptible. Sé lo que es que alguien te rompa un proyecto como el de tener varios hijos. Imagino el dolor que sintió, añadido al de la infidelidad.

—Pablo, deja que pase el tiempo. Todo se pondrá en su sitio.

—Tienes razón. Voy a despedirme de ella, no quiero ser más desagradable que lo que ya fui.

De lejos, los miro mientras hablan. El lenguaje corporal me cuenta que ya no queda nada entre ellos. Cuando Pablo se va, Juani va al encuentro de Sira y la abraza. Creo que mi hermana se huele algo, porque la arrastra hasta el rincón en el que me encuentro y se va. Cuando nos quedamos solos, le ofrezco mis brazos y, cuando se refugia en ellos, se derrumba. Nos alejamos un poco, para evitar miradas indiscretas, y Sira me confiesa lo que he intuido: no queda nada vivo entre ellos.

La acaricio, intentando darle mi calor. Tengo que controlarme para no decirle que la amo, que quiero todo con ella, y que me gustaría darle la familia que ha soñado. Pero no me atrevo todavía. Soy mayor que ella, y temo que no se sienta capaz de realizar sus deseos a mi lado.

CAPÍTULO 17

Carlos

Se acerca la fiesta anual de la empresa y noto la expectación en el aire. En Helix, este evento es mucho más que una celebración: es el acontecimiento social donde se cruzan rumores, surgen relaciones, se sellan alianzas y, a veces, nacen o se rompen lealtades. Sira y yo lo comentamos varias veces, a ratos como si fuera solo un trámite más del calendario, pero hay algo distinto este año.

—¿Vas a ir muy elegante? —me pregunta Sira mientras compartimos café en mi despacho, una tarde cualquiera.

—Intentaré no parecer el típico CEO cincuentón —bromeo. Pero me fijo en cómo sonríe, en la ilusión casi infantil en su voz. Ella también le está dando importancia.

Un par de semanas antes de la fiesta, el Dr. Yago Ruiz empieza a dejarse ver más por nuestra planta. Es el líder del otro gran proyecto de la empresa: brillante, seguro de sí mismo, y con esa mezcla de encanto y arrogancia que atrae y repele a partes iguales. Lo cierto es que muchas de las chicas de la empresa matarían por tener una cita con él. Me doy cuenta desde hace días de que busca a Sira con excusas banales: una consulta sobre reactivos, una propuesta de colaboración o un café rápido. Lo que sea con tal de verla y hablar con ella un rato.

Un día, paso junto a su laboratorio y los veo conversando. Yago le hace una broma, y Sira se ríe, relajada. Siento una punzada en el estómago, una incomodidad rara pero imposible de ignorar. Me sorprende la intensidad de mi reacción. ¿Celos? No me reconozco, porque nunca he sido celoso. Además, visto de manera objetiva, Sira no es quien busca su presencia.

La semana previa a la fiesta, Yago pasa por mi despacho para hablar de una colaboración y, al marcharse, comenta con toda naturalidad:

—Por cierto, Carlos, tengo entendido que Sira irá a la fiesta. Espero que nos reserve al menos un baile.

Asiento, forzando una sonrisa cortés, aunque en realidad tengo ganas de retorcerle el pescuezo. Por dentro me arde una rabia sorda y ridícula, pero que me acompaña el resto del día. Intento olvidarlo mientras ceno con Sira en un nuevo restaurante japonés que han abierto en la ciudad. Es una pequeña taberna nipona que ofrece platos que normalmente no se ofrecen en Europa, por lo que los dos disfrutamos de las delicias que ocupan nuestra mesa.

A la tenue luz del local, veo que no hacemos tan mala pareja. Hay una diferencia de edad que no se puede negar, pero incluso el camarero, cuando viene a tomar nota de los postres y se da cuenta de que Sira ha ido un momento al baño, me dice:

—No pasa nada, regreso cuando su esposa vuelva.

Al oírlo, me siento orgulloso de que crea que estamos casados. No está mal. Por supuesto, cuando Sira llega no le cuento lo que ha pasado, no quiero que sea consciente de mis temores y dudas respecto a nosotros dos.

La noche de la fiesta llega al fin. La organización, como siempre, corre a cargo de una empresa de eventos que consigue hacer de la noche un acontecimiento cada año. El salón del hotel está iluminado de forma espectacular, la música en vivo llena el ambiente de una energía vibrante. Todos lucen sus mejores galas: las damas vestido largo de noche y los caballeros, riguroso esmoquin. Busco a Sira entre la gente, y cuando la veo, el aire me falta durante un segundo al tiempo que mi corazón se salta un latido: lleva un vestido azul oscuro, sencillo y elegante, con cuello barco que resalta su escote. Su pelo suelto cae sobre sus hombros de una forma que me resulta salvajemente atractiva.

Yago Ruiz aparece enseguida, copa en mano, y se acerca a Sira con la seguridad de quien sabe que es observado. Mientras charlan, él se inclina demasiado, le roza la espalda y le susurra algo al oído. Sira sonríe, pero veo en su expresión una ligera incomodidad. No puedo más y cruzo el salón evitando las conversaciones que puedan surgir a mi paso.

Me acerco con una excusa banal —un tema sobre la colaboración con el MIT— y me quedo junto a ella. Yago se retira, fastidiado por mi presencia, y yo noto la tensión en mis propios gestos.

—¿Estás bien? —pregunto a Sira, más brusco de lo que pretendía.

—Claro —me responde, bajando la voz—. Pero gracias por venir al rescate.

Intento relajarme, pero la noche está cargada de electricidad. En algún momento, la orquesta toca una balada lenta. Ruiz vuelve a aparecer e invita a Sira a bailar, pero ella sonríe y, mirándome, dice:

—Prefiero bailar esta pieza con mi jefe. ¿Me concedes el honor, Carlos?

Mi corazón se acelera de forma absurda. Tomo su mano y la llevo a la pista. Apoyo mis dedos en su cintura y la otra mano sostiene la suya. Sira está tan cerca que puedo oler su perfume floral con un toque de cítricos, sentir el calor de su piel a través de la tela fina. Empieza la música y nos movemos en silencio, con una naturalidad que me desconcierta. El roce de su mano, el contacto fugaz de su mejilla con la mía... Me abruma, me enciende, me transporta.

En un giro, nuestras miradas se cruzan y siento que el universo entero cabe en ese segundo. Sira sonríe, nerviosa. Me acerco, y en ese instante ella también lo hace, como si ambos supiéramos que la frontera ha dejado de existir. Estamos a punto de besarnos, no me cabe ninguna duda, pero de repente tengo un instante de lucidez, lo justo para susurrar:

—Aquí no, tesoro. Te quiero solo para mí.

Nos separamos enseguida, disimulando, y continuamos el baile como si nada hubiera pasado. Pero bajo la superficie, todo arde.

Al terminar la canción, Sira sale a la enorme terraza exterior que rodea la sala, con la excusa de salir a tomar un poco el aire. Yo me quedo en la pista durante unos minutos, con el pulso acelerado, los sentidos enturbiados por ese instante.

Salgo tras ella y el aire de la noche me envuelve, cargado del aroma húmedo de la hierba recién regada y los restos dulces del perfume de las flores del hotel. La brisa apenas mueve las copas de los árboles y, a lo lejos, la música amortiguada de la fiesta parece llegarnos desde otro mundo. La encuentro apoyada en la balaustrada, mirando hacia el jardín, con una expresión en el rostro a medio camino entre la esperanza y la tristeza. Me pongo a su lado, y se gira hacia mí. Me obligo a mantener la distancia, a ser el hombre sensato y templado que siempre he sido. Pero cuando Sira me mira con esa mezcla de esperanza y vértigo, siento cómo se resquebraja mi último resto de autocontrol. Ya no puedo fingir que no deseo lo que está a punto de ocurrir. Estamos solos, en silencio, y muy lentamente me acerco a ella y nos fundimos en un beso lleno de pasión y sentimiento que esta cargado de deseo de más. Quiero que ese beso dure mucho tiempo, porque es un momento mágico.

Por un instante, una voz en mi interior me susurra que nada de esto debería estar pasando, que estamos cruzando un límite del que no hay retorno. Pero no puedo apartarme. Ni quiero hacerlo.

Siento que mi corazón va a salirse de mi pecho, y el tacto de su piel en mis dedos me embriaga. Quiero más; lo quiero todo. Ya no puedo negarme la evidencia de lo que siento.

El sonido de unos pasos que acaban de desembarcar en la terraza hace que nos separemos de golpe. Es mi sobrino Jorge, que busca a Sira para que todo el equipo se haga una foto juntos. Sé que no nos ha visto, pero ha interrumpido un instante que ha quedado suspendido en nuestras almas.

En los días posteriores, la tensión entre nosotros es palpable. Evitamos estar a solas, pero cuando coincidimos, las miradas lo dicen todo. Bromas sutiles, silencios cargados, roces accidentales en los pasillos. Estamos jugando al ratón y al gato, tanteando el terreno, esperando a ver quién se atreve primero a nombrar lo que nos está pasando.

Yo, por mi parte, he dejado de negarlo: Sira ya no es solo mi amiga ni mi colega. Es la mujer que me revoluciona el mundo. Y sé, por la forma en que me mira, que ella también lo siente.

Esa noche, al cerrar los ojos, sé que hemos cruzado un umbral sin retorno. Y lo único que deseo, por primera vez en años, es no volver atrás. Aunque dentro de mí se esté librando la peor de las batallas: la de la razón contra el alma.

CAPÍTULO 18

Sira

No sé cuándo empezó de verdad. Supongo que fue poco a poco, como las cosas importantes. Al principio era admiración, la gratitud tranquila de tener a Carlos al lado cuando todo se derrumbó. Luego fue el respeto profesional, el placer de trabajar codo con codo y sentir que alguien me veía de verdad. Pero ahora... ahora es otra cosa. Algo que me desvela por las noches.

Carlos es dieciocho años mayor que yo. Lo sé cada vez que lo observo, cuando veo sus canas, la calma de su manera de estar en el mundo. Pero también sé que él es el hombre que me hace sentir viva, valiente, hermosa, y también vulnerable. Ni siquiera Pablo consiguió nunca hacerme sentir así. No se trata solo de deseo —aunque me basta con recordar su beso y el roce de su mano en mi cintura en la fiesta para que me arda la piel—. Es mucho más. Sueño con él, y cuando despierto, su ausencia en mi cama es física.

La noche de la fiesta fue el punto álgido de algo que viene gestándose desde hace meses. Cuando bailamos y sus dedos rozaron mi espalda desnuda, sentí un vértigo que no recordaba haber sentido jamás. Durante toda la canción no fui capaz de pensar en nada más que en el calor de su cuerpo tan cerca, el olor amaderado de su colonia, la presión de sus manos. Cuando nuestras miradas se cruzaron, supe que si me besaba de nuevo —aunque solo fuera un segundo— todo cambiaría. Luego, en la terraza, ese beso apasionado fue suficiente para desatarlo todo. Desde entonces, no duermo bien. Me distraigo en el laboratorio, me sorprendo pensando en él a todas horas.

No sé si es amor, pero sé que no quiero renunciar a esto. Me da miedo lo que pueda venir, qué dirán los demás, la diferencia de edad, las miradas en la empresa, hasta el recuerdo de Pablo. Pero nada pesa más que este deseo de estar con él.

Ahora, sin embargo, Carlos me esquiva. Han pasado cinco días y parece que la fiesta nunca sucedió. No se presenta a ninguna de las reuniones en las que deberíamos coincidir. Sale a comer fuera, delega tareas que solía supervisar él mismo y cuando nos cruzamos por los pasillos de Helix, finge prisa o baja la mirada. Siento una mezcla de rabia y tristeza, como si de pronto me hubieran arrancado algo que apenas empezaba a descubrir.

Las noches se me hacen larguísimas. Me repito que exagero, que fue solo un beso, que Carlos tiene derecho a poner distancia si lo necesita. Pero mi corazón no entiende de razones. Me sorprendo repasando cada detalle de aquel baile y del beso en la terraza: el calor de su mano, el perfume de su piel, la electricidad en el aire. Me arden las mejillas de solo recordarlo y, al mismo tiempo, me asusta la intensidad de lo que siento.

Intento racionalizarlo. Es mi jefe. Es mucho mayor que yo. Es el padre de mi exmarido. Pero nada de eso pesa más que la ausencia. Nunca había sentido este vacío, esta ansia de verle, de que me mire y me sonría como antes. Paso los días atrapada en una montaña rusa: una parte de mí quiere enfrentarlo y exigirle una respuesta, y otra, la más asustada, teme escuchar que todo fue un error.

Me descubro buscándolo con la mirada en cada sala, en el reflejo de los cristales, en los correos que ya no llegan. Cualquier excusa para cruzar una palabra, para tocarle la mano sin querer, para volver a sentirme viva. Pero él sigue alejándose y el silencio es cada día más pesado.

Me duele más de lo que puedo reconocer. Me cuesta dormir, me cuesta concentrarme. No sé si esto es amor, pero sé que no quiero renunciar a lo que puede ser. Lo que más me duele es que, por primera vez, siento que Carlos también lo ha sentido, y que es precisamente eso lo que lo asusta.

Pasan los días y no hay señales suyas. Todo parece suspendido en un limbo incómodo y denso.

Hasta que, una mañana, recibo un mensaje suyo citándome en su despacho. El corazón me late tan fuerte que casi me duele. No sé si temerlo o desearlo: solo sé que, pase lo que pase, nada volverá a ser lo mismo.

Cuando entro temblorosa en su despacho, siento que estoy a punto de desmayarme, pero algo en su expresión me tranquiliza.

Tiene los billetes del congreso científico de Bangkok sobre la mesa y una sonrisa de esas que solo me dedica a mí.

—Sira, necesito que me acompañes a Tailandia. Eres la responsable del proyecto y la mejor embajadora científica que tenemos. Pero… —añade, con la voz más baja— he reservado unos días de vacaciones antes y después del congreso, solo para nosotros. Bangkok, y después unos días en un resort privado en el sur del país, al que solo se puede llegar en barco. ¿Te apetece?

El corazón me da un vuelco. Apenas puedo disimular la emoción.

—Me apetece mucho —contesto, mordiéndome el labio.

Carlos me mira y parece estar a punto de acercarse a mí cuando su secretaria entra sin avisar en su despacho, interrumpiéndonos. Comprendo que es una urgencia, y salgo diciendo que luego hablamos.

Me siento como si estuviera en una nube. Esa noche cenamos juntos, rodeados de otros investigadores, mientras mi cabeza no puede pensar en nada más que en ese viaje junto a él.

Al llegar a mi ático preparo cuidadosamente la lista de lo que necesito llevar, pues salimos en solo tres días.

Esa mañana, Carlos viene muy temprano a recogerme con su

coche. Conducirá hasta el aeropuerto de Barcelona, donde tomaremos un vuelo directo a la capital tailandesa.

—No te duermas en el coche, princesa. Necesitarás descansar durante el largo viaje en avión, porque llegaremos a las seis de la mañana hora local.

—Es la primera vez que hago un viaje tan largo, Carlos. Estoy muy emocionada.

—Quiero disculparme contigo por mi comportamiento de estos últimos días. He tenido que luchar contra mis propios demonios. No es fácil escuchar mi propio corazón, al menos no para mí, Sira. Hace muchos años que intento tenerlo en silencio, y me ha costado un mundo sintonizar mi cerebro con mis sentimientos.

Me quedo en silencio durante un solo segundo, intentando procesar lo que me dice: creo que está listo para que podamos vivir nuestra historia.

—¿Entonces?...

—Entonces, en cuanto el congreso se acabe, tú y yo tenemos que hablar seriamente de nuestro futuro. Necesitamos concentrarnos durante estos días en el trabajo, porque no confío en mí. Si doy rienda suelta a lo que siento, podría incluso llegar a secuestrarte. No puedo dejar a la comunidad científica sin tu aportación, por lo que voy a contenerme, por más difícil que me resulte.

Me ha hecho reír su manera de decirlo. Creo que siente lo mismo que yo. Lo veo siempre tan dueño de sus actos que me enternece saber que sus sentimientos hacia mi le han provocado un terremoto en su interior. Acaricio su brazo mientras conduce, y veo que su pecho asciende mientras lo veo suspirar tras mi roce.

Sonríe feliz, y su mirada me recuerda con fuerza que mi corazón late por él.

Llegamos al aeropuerto de Barcelona, a la terminal 1, a la zona no Schengen, y pasamos el control de seguridad y el control de pasaportes. El tiempo a su lado pasa muy deprisa, y cuando subimos al aparato de American Airlines me sorprende ver que Carlos ha reservado pasajes en clase superior. Estamos solos en una zona del avión que no se parece en nada a las cabinas de las compañías con las que siempre he volado. Nuestros asientos se convierten en camas y disponemos de una privacidad que me impresiona. En cuanto nos sirven la comida, nos informan de que disponemos de ocho horas para descansar si lo deseamos. En caso de que queramos comer o beber algo, solo tenemos que pedirlo.

Convertimos los asientos en camas y nos acomodamos mientras hablamos de cómo serán nuestros primeros días en el país del sudeste asiático. Acabo por dormirme, y noto entre sueños cómo Carlos me cubre con una suave manta y me acaricia el cabello suavemente. Cuando me despierto, casi hemos llegado. Debe pensar que soy una marmota, pero es que la tranquilidad que me ha proporcionado su confesión en el coche me ha liberado de la tensión que acumulaba desde hace bastantes días... con sus correspondientes noches.

Cuando descendemos del avión, nos recibe el cálido y húmedo clima del sudeste asiático, con toda una sinfonía de colores, aromas y sonidos desconocidos. La amabilidad de la gente me calienta el corazón y me predispone a sonreír de forma casi permanente.

CAPÍTULO 19

Sira

Un taxi rosa metalizado (parece increíble, pero tengo la sensación de que estoy viajando en un coche de juguete), nos lleva hasta nuestro hotel. Es un establecimiento de cinco estrellas situado en una de las principales avenidas de Bangkok, en la que se suceden los lujosos rascacielos, salpicados de vez en cuando de antiguas casas de madera con frondosos y preciosos jardines En el hotel, nos asignan dos habitaciones situadas una al lado de la otra. Cuando entro a depositar mi equipaje, me sorprende el tamaño de la estancia, que es casi como mi piso en España. La cama es enorme, y pienso que me voy a ver diminuta en ella. Tras ordenar la ropa que llevo en la maleta, tomo una ducha. Me siento fresca como una rosa, a pesar de que he pasado once horas dentro de un avión. Me pongo un vestido fresco y veraniego de algodón y voy a buscar a Carlos para comenzar nuestra aventura de turistas en la ciudad.

Cuando me ve, descubro en sus ojos una mirada de admiración que consigue sonrojarme. Huele a su colonia de notas amaderadas, y me sorprendo aspirando su aroma como si quisiera aprehenderlo en mi pecho. Viste unos pantalones largos en tono tierra y una camisa de lino blanco y cuello Mao que tengo ganas de arrancarle antes de salir. Pero no, me tengo que controlar, aunque este hombre despierte en mi la parte mas animal de mi personalidad.

Tailandia es un torbellino sensorial que me encanta, y reconozco que la proximidad de Carlos hace que mis sentidos estén más en alerta que de costumbre. Paseamos juntos por los atestados mercados de Bangkok. Nos divertimos probando juntos platos picantes bajo farolillos de colores, y nos perdemos entre templos dorados y calles que nunca duermen. Por supuesto, pierdo con él la apuesta sobre si seré capaz de ingerir en un puesto callejero unos "deliciosos" insectos fritos. Lo he intentado, lo prometo, pero es que es superior a mí.

Visitamos algunos templos budistas y descubrimos tradiciones que se nos antojan exóticas, como la liberación de pajarillos de sus jaulas. Exprimimos a fondo el tiempo durante el día y medio del que disponemos antes de que dé comienzo el acto inaugural del congreso internacional de primer nivel que nos ha traído hasta aquí.

La ciudad, con todas sus contradicciones entre la modernidad extrema y el mantenimiento de tradiciones ancestrales, me ha seducido. La vida nocturna en los mercados tradicionales es intensa, y la gente sale a cenar comprando platos de comida callejera en puestos situados junto a enormes bancadas de madera donde se reúnen animadamente familias y amistades bajo las luces de colores instaladas sobre pérgolas improvisadas.

Al día siguiente, nos levantamos muy pronto y tomamos un delicioso desayuno en el hotel, con fruta fresca de sabor increíble, todo tipo de dulces y pasteles, así como una barra de tortillas al gusto a las que puedes añadir todos los ingredientes que se te ocurran.

Juntos, visitamos un jardín tropical en el que cientos de variedades de orquídeas muestran todo su esplendor. Me fascinan estas flores. Quizá sea porque nunca he sido capaz de mantenerlas con vida, o porque tienen una belleza particular, con colores brillantes y atractivos. Son un poco como mi vida: crecen entre cualquier grieta de la corteza de un árbol, buscando la luz y su propio camino. Tiene gracia ver estos paralelismos con tu vida a miles de kilómetros de tu casa, admirando unas flores salvajes que en tu país solo ves en las floristerías...

Carlos

Todo resulta fácil junto a Sira. Me hace sentir como si estuviera recuperando una forma de ver la vida que había perdido hace muchos, muchos años. La ilusión con la que contempla todo me maravilla, desde el avión hasta el espectáculo para los sentidos que es la ciudad de Bangkok; tiene ese brillo en la mirada es contagioso y hace que mi pecho se hinche cada vez que le doy la mano y la siento a mi lado.

El día y medio que hemos compartido juntos antes del congreso me ha sabido a poco, y eso que he tenido que controlar mis ansias por besarla.

Nuestras habitaciones en el hotel de Bangkok son contiguas, por lo que algo dentro de mí me empujaba a salir al pasillo y llamar a su puerta. Si lo hubiera hecho, estoy seguro de que no hubiéramos salido del hotel, y yo mismo le he pedido una especie de tregua sentimental hasta que el congreso finalice.

Su conferencia forma parte del acto central, y quiero que esté totalmente concentrada. Eso sí, en cuanto abandonemos la capital y lleguemos a nuestro destino de los próximos días, no quiero tardar en tener la conversación que le debo, que nos debemos. Merece que podamos aclarar nuestra situación, y me gustaría comenzar con ella un nuevo capítulo en nuestras vidas. Es posible que haya necesitado poner distancia física con nuestra vida habitual para encontrar el momento adecuado.

Hoy, mientras ella curioseaba en una tienda de minerales que hemos encontrado en una de las sorprendentes zonas comerciales de la ciudad, he entrado en una joyería y le he comprado un anillo en oro blanco con un zafiro azul como el mar que va a contemplar nuestros primeros días como pareja. Cruzo los dedos para que todo vaya bien, aunque los nervios se me comen por dentro. Me siento como un adolescente antes de pedir salir a su primera novia. Y me encanta la versión de mí que Sira ha hecho salir a la superficie.

CAPÍTULO 20

Sira

El congreso, el más importante al que he asistido hasta ahora, acaba de inaugurarse. En el acto inicial, me doy cuenta de que Carlos tiene un papel preponderante en este mundillo, no solo como científico, sino como el CEO de una de las compañías más importantes del mundo en biotecnología. Todo el mundo lo admira, y veo que muchos de los participantes son capaces de darse de bofetadas por saludarlo, mientras yo voy discretamente a su lado. Al principio me siento como un pulpo en un garaje, pero poco a poco Carlos me presenta a otros científicos cuyos nombres conozco bien por sus publicaciones en revistas de prestigio. Es increíble ver a estos investigadores de renombre, auténticas leyendas en su campo, ante mis ojos. Carlos los conoce a todos, y veo como ellos le tienen un respeto que me abruma. Me sorprendo a mí misma admirándolo como aquella joven que comenzó haciendo prácticas en su empresa y veía al CEO lejano y triunfador, tan lejos incluso en mis sueños. Carlos es un hombre poderoso, seguro de sí mismo y toda una autoridad en su campo, pero en cuanto terminan las reuniones, por la noche, volvemos a ser nosotros y nuestro pequeño entorno. Salimos cada noche para cenar fuera para no tener que compartir mesa con otros participantes. Carlos me dice que desde hace tiempo sigue esta estrategia para poder soportar la duración de los congresos. Me hace gracia que necesite este tiempo fuera de los focos para mantener la calma, y me doy cuenta de repente de que soy feliz. Siento que pertenezco al mundo y, sobre todo, a su lado.

Cuando llega el momento de mi intervención, siento que me flaquean las piernas, aunque me sé al dedillo el contenido de mi conferencia. Carlos se da cuenta de mis nervios, y antes de que el presentador anuncie mi nombre, aprieta fuertemente mi mano y me susurra al oído:

—Princesa, el mundo es tuyo. Cómetelos.

Me hace sonreír, y cuando salgo al estrado, mis ojos encuentran los suyos. En ese instante, sé que puedo hacerlo. El está allí, y siento que nada malo puede pasar.

Al acabar la conferencia, se abre un turno de preguntas, y soy consciente del impacto positivo de nuestro trabajo. Después de responder a varias decenas de preguntas, el presentador debe dar por finalizada la intervención, porque en el programa hay otras conferencias. Cuando regreso a mi asiento, veo a Carlos con la mirada brillante y una expresión de entusiasmo que no es habitual en él.

—Ha sido espectacular, Sira. Te felicito. Vamos a conseguir toda la financiación para lanzar los estudios clínicos de la terapia genética, incluso antes de lo previsto.

Cuando tomo asiento, enlaza mi mano con la suya y permanecemos así hasta el final de la sesión.

Durante estos días de ajetreo total, en los que no hemos parado un momento, nos hemos comportado como profesionales, casi sin vida personal. Pero cuando la conferencia de clausura finaliza, nos abrazamos en el ascensor que nos lleva hasta la planta en la que están nuestras habitaciones, una junto a la otra.

Ese abrazo es una recompensa por el trabajo bien hecho durante el congreso. Recogemos nuestras maletas rápidamente, porque Carlos ha reservado un taxi que ya nos espera para ir al aeropuerto. Cuando dejamos atrás la algarabía de Bangkok y el bullicio del congreso, siento que nos desprendemos del mundo, que nos desnudamos no solo de ropa, sino también de historias anteriores.

Otro avión nos conducirá hasta el lugar más próximo al resort donde finalizaremos este viaje. Después, una lancha nos espera en el puerto para llevarnos hasta allí. Durante los veinte minutos de trayecto marítimo, nuestras manos permanecen enlazadas sellando nuestro silencio, ese que habla más que mil palabras. El calor de su piel consigue que despierte en mi un deseo casi animal, que se va apoderando de todo mi cuerpo. Hace solo unas pocas horas, Carlos era el CEO todopoderoso, sereno y distante. Ahora, solo somos un hombre y una mujer, sin títulos, sin miedo.

Al llegar al resort, me doy cuenta de que es un complejo muy exclusivo. Una cabaña exquisita con piscina privada nos espera, mientras el mar nos espera al otro lado de los ventanales y la selva murmura a nuestro alrededor. Se percibe un aroma especial, a plantas y a naturaleza, que me recuerda al petricor que -en el Pirineo- me reconecta con la vida real cuando la lluvia comienza a caer, con esa existencia en la que no hay prisas y tiene el color verde de la vegetación de montaña.

En la magnifica cabaña hay un precioso salón, y en la parte mas interior, un solo dormitorio presidido por una cama inmensa, y una bañera para dos que es una promesa. Nos miramos a los ojos y el silencio lo dice todo. Encontramos una nota que dice que nos esperan para cenar en uno de los restaurantes del lugar, aunque ya haya finalizado el servicio habitual. Es tarde y decidimos ir directamente, sin ni siquiera cambiarnos de ropa, para no hacer esperar demasiado al personal que ha alargado su jornada por nosotros.

Mientras degustamos un exquisito menú, reímos relajados al comentar alguna de las anécdotas del congreso de las que no hemos tenido ocasión de hablar antes. Soy consciente de que mis ojos brillan tanto como los de Carlos, anticipando lo que deseo que ocurra tras esta cena. Mientras damos buena cuenta de la ensalada de frutas más deliciosa que jamás haya probado, Carlos me toma la mano alargando la suya sobre el mantel, y el simple roce de sus dedos me hace estremecer. Nuestras miradas se cruzan y el aire de la noche comienza a envolvernos de una manera diferente. No es solamente la magia del lugar, sino la anticipación de la intimidad que nos espera, lejos de la civilización y de nuestro marco de vida habitual.

Regresamos a nuestra cabaña bajo la luz de la luna y las estrellas, siguiendo un camino serpenteante bordado de flores tropicales de una rara belleza. Nuestros dedos están entrelazados mientras avanzamos en silencio. Casi puedo sentir el sonido de los latidos de mi corazón, y juraría que el pulso de Carlos también se ha acelerado.

Siento el calor de su cuerpo junto al mío, y anhelo tocar su piel; su mano ahora alrededor de mi cintura me hace perder la noción de la realidad. El contacto de su cuerpo duro y musculoso comienza a llenar de humedad mi centro. Mi cerebro no es capaz de procesar nada de lo que ocurre alrededor de nosotros, y todas las sensaciones se concentran en mi pecho, donde siento un nudo a punto de explotar. Nuestros pasos resuenan desiguales sobre el bambú, acompañados por el murmullo lejano de las olas, mientras descubro que, a nuestro lado, un puñado de luciérnagas ornan el camino de entrada a nuestra cabaña.

No hace falta hablar. El tiempo parece que se ha detenido entre nuestros ojos. Nos acercamos lentamente, como si temiéramos romper el hechizo, y cuando al fin nuestros labios se unen, el mundo desaparece. Su boca es tan dulce como la recordaba, y ahora nos buscamos con pasion, sin poder separarnos. El me toma por la cintura mientras yo acaricio su nuca, enredando mis dedos entre sus cabellos como tantas veces he soñado. Todo lo que hemos contenido durante mucho tiempo sale a la superficie: deseo, ternura, nervios, hambre de vida.

Entramos a trompicones en la cabaña y las sombras de las palmeras danzan contra las paredes de madera, proyectadas por la lámpara del porche que dejamos encendida. Huele a limpio, a sábanas recién lavadas con un toque de lavanda que alguien dejó sobre la almohada, pero sobre todo, es su aroma el que inunda mis sentidos. Su colonia amaderada mezclada con el olor de su piel me pierden sin remedio. Sin dejar de mirarme a los ojos, con esa mirada oscura nublada por el deseo, Carlos me desnuda lentamente, casi con devoción, mientras yo desabrocho los botones de su camisa con manos torpes. Tiemblo de excitación cuando me encuentro desnuda frente a él. Su torso musculado atrae mi mirada, así como mis manos, que se posan sobre sus pectorales. Deseaba tanto tocarlos que ahora casi temo que desaparezcan bajo mi tacto como si se tratara de un sueño. Pero no, todo es real, y me vuelve loca. Me tumba en la cama con una delicadeza que roza la adoración. Me siento más hermosa que nunca bajo sus manos, bajo su mirada. Cuando siento que sus dedos tocan mi piel, creo que estoy en el cielo.

—Sira, hace mucho que no lo hago —me confiesa, casi temeroso.

—Me da igual. No te preocupes por nada, estamos juntos y eso es lo único que me importa.

Como si se hubiese despojado todos sus miedos, Carlos toma la iniciativa, y lo siento más poderoso que nunca. Recorre con su boca mi cuerpo, y no deja ni un solo centímetro de piel sin sus besos. Cuando su lengua se concentra en mi clítoris, mi cerebro se nubla con el placer que me regala. Insiste en acariciarme, succionando mi vulva y destrozándome con un orgasmo que me arrasa durante largos segundos. Casi sin respirar, no puedo esperar a sentirlo dentro de mí, y levanto mis caderas de forma instintiva. El lee mi deseo y no me hace esperar más. Verlo de rodillas en la cama, en todo su esplendor, desnudo y listo para hacerme el amor hace que casi pierda el sentido.

Es un sueño hecho realidad. Me penetra con ansia, sabiendo cómo volverme loca de placer. Es mucho más que sexo, aunque es tan bueno que me lleva al éxtasis antes de que sea capaz de darme cuenta. Hacemos el amor una y otra vez, sin reservas, sin miedo, descubriéndonos en cada caricia como si el mundo empezara desde cero.

Mis manos acarician su pecho mientras permanece en mi interior, y pienso que es la primera vez que experimento este sentimiento que lo llena todo. Sus caderas se mueven mientras gimo al acogerlo dentro de mí, una y otra vez, y acabo rompiendo el silencio de la noche gritando su nombre, mientras lo veo cerrar los ojos en una expresión de su rostro que desconocía hasta este instante.

Al amanecer, entrelazados en la cama medio cubiertos por ligeras sábanas de algodón, escucho su respiración junto a la mía y sé que este es el sonido del futuro que nunca me atreví a soñar. Cierro los ojos y no sé qué nos espera fuera de esta cabaña, ni cómo será volver a España, pero por primera vez no tengo miedo. Ahora sí, sé que ya no hay vuelta atrás.

El resto de los días en Rayavadee transcurren como en un sueño. Nos amamos a cualquier hora, sucumbiendo al deseo que nos arrasa cada vez que nos miramos. El paisaje es sobrecogedor, frente al inmenso mar salpicado de pequeños islotes calizos que evocan formas lejanas. En un rincón de la playa de Phra Nang, una cueva que el mar y los siglos se han encargado de excavar alberga el alma de una princesa que falleció esperando que el mar le devolviera al hombre al que amaba, cuenta la tradición. Si llevas en ofrenda y depositas en su cueva un falo de madera o de piedra, la leyenda dice que volverás a esta playa. Por supuesto, lo hago, entre las risas de Carlos, aunque sé que en su interior desea que regresemos juntos a este lugar paradisíaco donde hemos sellado nuestro amor, de una vez por todas.

CAPÍTULO 21

Carlos

Nunca imaginé que la plenitud pudiera llegar en la segunda mitad de la vida, ni que la felicidad tuviera la voz y los ojos de Sira. Volvimos de Tailandia como dos adolescentes con una complicidad secreta, pero también con la calma de quienes ya han cruzado todas las tormentas. La primera noche se quedó en mi casa; mientras ella deshacía la maleta la miraba y sentí que había encontrado el hogar que nunca supe buscar.

En realidad, Sira ya no durmió ninguna noche más en su apartamento desde que regresamos del viaje que nos ayudó a sacar a la superficie los sentimientos que nos unían desde hacía un tiempo. Las semanas siguientes estuvieron llenas de descubrimientos cotidianos: preparar el desayuno juntos, reírnos mientras hacíamos la compra, desnudarnos a plena luz del día solo para admirarnos sin reservas. Sira llenó la casa de libros, de música nueva y de su risa de niña rebelde. Yo, por primera vez, bajé la guardia del todo. Cada noche nos bañábamos desnudos en la piscina como dos enamorados e invariablemente acabábamos haciendo el amor, enredados dentro del agua, o en la inmensa hamaca del porche, o sobre una toalla posada sobre el césped. Cualquier momento era bueno para disfrutarlo juntos, al abrigo de la intimidad de nuestra casa. No había pasado ni un mes cuando, una noche, le susurré al oído, en la penumbra de nuestro dormitorio:

—Deja tu piso y ven a vivir conmigo del todo. No quiero otra vida que no sea a tu lado.

Ella me miró, con el pelo revuelto y los ojos brillando de una ternura inquietante.

—Ya vivo aquí, Carlos. Estas bajo mi piel, hace ya mucho tiempo, y creo que ya no soy capaz de dormir si no estamos juntos —respondió, y me abrazó tan fuerte que sentí que era capaz de recomponer todos mis pedazos rotos.

No podía esperar más. Un sábado lluvioso, le preparé café y pan tostado, y le tomé las manos. Saqué el anillo de zafiro que compré en Bangkok y decidí que había llegado el momento.

—Sira, quiero pasar mi vida contigo. No solo vivir juntos: quiero casarme, gritarle al mundo que eres la mujer que amo. Quiero hijos, una familia. Todo, contigo.

Ella se quedó muy quieta, y luego asintió, con lágrimas de alegría resbalando por sus mejillas.

—Nunca pensé que el amor pudiera ser esto. Sí, Carlos. Sí a todo.

—¿No te importa que el padre de tus hijos sea un poco… madurito?

Sira estalló en carcajadas mientras me abrazaba, acariciando mi cara con suavidad.

—No querría ningún otro padre para mis hijos. ¿Consideras que tres es demasiado?

—Es mi sueño. Ojalá te hubiera conocido antes, mi vida. Eso sí, quiero disfrutarlos el máximo tiempo posible, y preferiría que los tuviéramos muy seguidos. No quiero que te preocupes por nada, tendremos la ayuda que necesitemos. Contrataré niñeras y lo que haga falta.

—Ya nos arreglaremos cuando llegue el momento. Pero sí, estoy de acuerdo en tenerlos seguidos. Estoy deseando que la casa esté llena de niños, risas, pañales y jaleo, mucho jaleo —bromeó con esos preciosos ojos llenos de ilusión.

Quedaba la prueba más dura: Pablo. Le propuse vernos a solas, en un bar discreto, casi vacío a esa hora de la tarde. Noté en él la desconfianza y la distancia, pero también ese cansancio que arrastra desde que perdió a Sira.

Le hablé claro, sin rodeos.

—Pablo, esto no es fácil de decir, pero mereces la verdad. Sira y yo nos hemos enamorado. No fue buscado, ni rápido, pero es real. Nos vamos a casar. Queremos formar una familia, y estamos deseando tener hijos juntos.

Vi el golpe en sus ojos, esa incredulidad que solo dura un instante antes de convertirse en dolor puro.

—¿Tú… y Sira? ¿De verdad?

—Es la mujer de mi vida. Lo siento si esto te hiere, pero no podía ocultártelo más. Sira merece ser feliz, y tú también.

Pablo se quedó en silencio un largo rato, que se me hizo eterno. Podía sentir la velocidad a la que reaccionaban su cerebro y su corazón ante las noticias que acababa de recibir.

Se levantó con el rostro demudado, y dijo muy serio:

—No cuentes conmigo para ver cómo te casas con mi exmujer.

—Pablo…

—Ni Pablo ni leches.

—Seguro que estuviste encantado de ver cómo la cagaba con Sira, ademas lo pudiste contemplar en directo —escupe, rojo de rabia.

—No es cierto, y tú lo sabes muy bien.

—Tantas cenas y salidas con mi mujer… debería haberme dado cuenta de que te estabas enamorando de ella.

—Salíamos porque siempre la dejabas sola, ¿o es que ya no te acuerdas? No intentes culparme de tu divorcio, porque tú te las arreglaste solo para que Sira te dejara. Le rompiste el corazón en mil pedazos. Tendrías que haberla visto, destrozada, vomitando tras ver a tu secretaria desnuda en su propia casa.

—Por supuesto, y allí estabas tú para consolarla. Siempre en el momento oportuno, cuando ella era más vulnerable y podía enamorarse de ti. Gracias a tus mimos, ella no quiso saber nada más de mí. Ni siquiera me dio la oportunidad de explicarme.

—¿Es que había algo más que contar? Joder, que te tiraste a tu secretaria en vuestra propia cama, Pablo.

—Claro, y ni siquiera me permitiste subir a verla a la casa del Pirineo. La tuviste un mes entero solo para ti. Dime, ¿os lo hicisteis entonces?

—No te voy a decir cuándo nos lo hicimos, porque no tienes derecho a hablarme así.

—Ah, los derechos… ¿Y tú, tú tienes derecho a levantarme a mi mujer?

—Yo no te la he arrebatado. Para que se divorciara de ti, te bastaste solo, hijo.

—Ahora que lo pienso, ¿dejaste a mamá después de treinta años de matrimonio porque pensaste que podías conquistar a Sira?

—Por supuesto que no. ¿Qué te has creído? La dejé porque no podía seguir viviendo en una mentira.

—Seguro que sí. Me lo voy a creer…

—Puedes creerme o no, Pablo. Las cosas no han sido como tú dices. Con el tiempo y el roce, Sira y yo nos hemos enamorado. No hay nada contra ti, nadie ha conspirado como tú piensas. Piénsalo, por favor. Comprendo que ahora estás enfadado y dolido, pero te quiero. Eres mi hijo, y aunque no sea lo más sencillo del mundo, debes comprender que no eliges de quién te enamoras.

—Lo siento, papá. No puedo comprenderlo y no pienso venir a ver cómo me restregáis vuestra felicidad por la cara; no, sabiendo que ahora eres tú quien le hace el amor.

Mi hijo se levanta y se va, dejándome el alma rota. Mierda, ha salido todo mal. No sé si podré recuperarlo algún día.

Carmina

Pablo me ha llamado por teléfono, muy alterado. Está conduciendo hacia aquí, y me da miedo que tenga un accidente. Estaba llorando, y creo que es la primera vez que lo hace desde que era pequeño. Ni siquiera recuerdo haberlo visto llorar cuando murieron los abuelos, o cuando Sira le dijo que se divorciaba de él. Al oír el motor de su coche aparcar frente a la puerta de casa, salgo a buscarlo.

—Hijo, ¿qué tienes?

Pablo me abraza, y siento que está roto de dolor. Lo acompaño adentro y nos sentamos juntos ante la mesa de la cocina. Le saco de la nevera una botella de refresco de cola, y se la sirvo en un vaso lleno de cubitos de hielo, como a él le gusta. Finalmente, se decide a hablar.

—Sira se va a casar con papá.

Al principio, reconozco que me quedo sin aliento al escuchar la noticia. Imaginarlos a los dos juntos en la cama me revuelve las tripas de un modo que no soy capaz de explicar. Suerte que estoy sentada, porque me mareo, me esta dando una bajada de tension de las de aupa. Sin embargo, algo en mi cabeza me impide empezar a jurar en hebreo y a desear que esos dos sufran una terrible diarrea el día de su boda.

—¿No dices nada, mamá?

—Sinceramente, aunque me repatea tanto como a ti, no me parece tan extraño. Son iguales, hijo.

—Me siento humillado por mi padre —Pablo rompe a llorar.

—Déjame que te sea sincera: tú humillaste a Sira de una forma cruel. No quiero imaginar qué habría sentido yo si tu padre me hubiera engañado así en mi propia cama.

Mi hijo permanece en silencio.

—Sí, pero ahora mi padre se acuesta con mi exmujer. Se casan y quieren tener hijos.

—Por supuesto, Pablo. Tu padre tiene un patrimonio considerable, y sabes que siempre quiso tener muchos hijos. Ella también y, de paso, se asegura la mitad de su fortuna.

—Si conocieras de verdad a Sira sabrías que el dinero se la refanfinfla.

Me callo, porque no puedo concebir que nadie sea totalmente ajeno a la posibilidad de vivir con un nivel de vida como el que Carlos le puede proporcionar. No voy a echar leña al fuego, que ya está bastante bien alimentado.

—En todo caso, quiero que seas inteligente. No te alejes de tu padre, porque una parte de lo que posee te pertenecerá algún día.

—Si supieras lo que me importa el dinero ahora...

—Entonces, demuestra a todo el mundo que eres un hombre y que sabes afrontar lo que ha pasado. Acude a esa boda, acompañado por una chica que valga la pena, no por la secretaria a la que te tiraste, hijo. Demuestra tu coraje y defiende lo que también es tuyo, por más hijos que esos dos vayan a tener.

Lo obligo a reflexionar. Sé que no es sencillo tomar la decisión de seguir viendo a Sira del brazo de su padre, convertida en su segunda mujer. Pero es lo que debe hacer, y voy a convencerlo de ello.

CAPÍTULO 22

Carlos

El primer contacto con Pablo tras comunicarle que Sira y yo nos íbamos a casar no llegó hasta tres semanas después. Me llamó por teléfono y quiso que quedáramos esa tarde en el mismo lugar donde se lo conté. Durante este tiempo intenté darle espacio para que pudiera pensar y dejar pasar la ira que lo invadió al conocer la noticia.

Sira estaba muy preocupada, pues temía que nuestra relación de pareja me privara del contacto con mi único hijo. Se sentía culpable en cierto modo de nuestro desencuentro, y sé que algunas noches no podía dormir bien, aunque no quería que yo lo supiera.

Cuando nos encontramos, Pablo se dirigió hasta donde yo estaba y me abrazó.

—Hijo, ¿cómo estás?

—Mejor. He tenido tiempo de pensar y...supongo que es justo. La quise mucho, aunque no supe cuidarla. Si alguien puede hacerla feliz... eres tú, papá. Sólo te pido una cosa: no la pierdas nunca.

Nos abrazamos, torpemente, como padre e hijo que han pasado por demasiado. Al salir, sentí que, por fin, las piezas encajaban. Por primera vez, el futuro no me daba miedo.

Salí del bar con el pecho más ligero, como si el peso de todos esos años de secretos y dudas se hubiera disipado por fin. El aire frío me despejó y aceleré el paso hasta casa. Sira me esperaba en el salón, sentada en el sofá con las piernas cruzadas, las manos inquietas en el regazo.

Nada más verme entrar, se levantó y me miró con ojos interrogantes y temerosos.

—¿Cómo ha ido? —su voz apenas era un susurro, pero cargada de ansiedad.

Me acerqué y la abracé fuerte, sintiendo cómo su tensión se deshacía contra mi pecho.

—Ha sido duro —le confesé—. Pero Pablo lo ha entendido. Le ha dolido, claro, pero... me ha dicho que quiere verte feliz. Que confía en nosotros.

Sira cerró los ojos, aliviada, y apoyó la frente en mi barbilla. Nos quedamos así, respirando juntos, hasta que el pulso nos volvió al ritmo de la esperanza.

Nos sentamos, cogidos de la mano, y poco a poco la emoción fue dando paso a la alegría. Empezamos a hablar de la boda, de cómo queríamos que fuera. Barajamos fechas, lugares, invitados. Al principio surgieron ideas grandes —una celebración en la ciudad, quizá en el hotel donde nos conocimos profesionalmente—, pero nos miramos y enseguida supimos la verdad.
—¿Y si lo hacemos en el pueblo del Pirineo? —propuso Sira, con esa luz especial en los ojos—. En la casa, solo con los que de verdad importan.

Sonreí de inmediato, sintiéndome niño otra vez.

—Sería perfecto. Allí empezó todo de verdad, y allí quiero prometerte mi vida.

Los días siguientes volaron entre listas sencillas y llamadas cariñosas. Todo era íntimo, auténtico. Imaginamos una ceremonia al aire libre, con los picos pirenaicos en el horizonte, flores silvestres en jarrones de cristal transparente y la mesa de la vieja cocina convertida en un altar improvisado. Juani se ofreció a organizar el catering y Jorge, a montar las luces en el jardín. Nuestra pequeña tribu, lista para celebrar lo que de verdad cuenta.

Tras haber hablado con mi hijo, me sentía legitimado a celebrar nuestro enlace. Si él no hubiera querido venir, la boda habría tenido lugar igual, pero reconozco que en mi corazón habría quedado un vacío difícil de llenar. Pablo es mi hijo, y ha ocupado siempre un lugar preponderante en mi vida desde que nació.

◆ ◆ ◆

El día de la boda amaneció en el Pirineo con ese cielo limpio y azul que solo existe en la montaña. El aire olía a leña y a ese aroma a piedra vieja de la casa familiar que tanto amaba cuando era niño. Los invitados iban llegando en pequeños grupos, todos sonriendo, apoyando y celebrando nuestro amor. Yo esperaba, nervioso, en el patio de la casa, escuchando risas y pasos, oliendo la hierba húmeda bajo mis zapatos.

Y entonces, el tiempo se detuvo.

Sira apareció en la puerta, avanzando despacio por el sendero de piedra. Llevaba un vestido sencillo, de seda en color crudo, que caía suave sobre sus hombros y su cintura. El pelo suelto le enmarcaba el rostro, iluminado por la luz dorada del sol. No llevaba velo ni más joya que el anillo de pedida, solo una pequeña corona de flores silvestres, y era la imagen más bella, real y poderosa que había visto jamás.

Mi corazón martilleaba, no de nervios, sino de asombro. Cada paso de sus zapatos de tacón sobre la piedra centenaria del sendero era una promesa y un milagro. Sentí, con absoluta certeza, que toda mi vida había sido un largo camino solo para llegar a este instante, al de unirme a la mujer de mi vida, ante las personas que me importaban de verdad, en el marco incomparable que fue la casa de mi familia durante más de seis generaciones.

Tuve que contener las lágrimas. Vi en sus ojos la misma emoción, la misma confianza en el futuro. Me sentí joven y viejo a la vez: lleno de gratitud, de deseo, de ese amor que solo se entiende cuando se ha perdido y vuelto a encontrar.

Cuando por fin estuvo frente a mí, el mundo pareció encajar. Sira me sonrió, y supe que nada malo podía ocurrir mientras estuviera a su lado.

—Nunca pensé que pudiera ser tan feliz —le susurré, temblando—. Eres la mujer de mi vida.

Ella apretó mi mano y, en silencio, me prometió todo.

Y así, en mitad de la montaña, con el aire limpio y la familia cerca, supe que todo valía la pena, solo por vivir este segundo.

CAPÍTULO 23

Sira

La boda fue todo lo que soñé: sencilla, auténtica, rodeada solo de las personas que realmente importan. De vuelta a casa, la vida nueva empezó con la fuerza de una tormenta de verano. Carlos quiso celebrarlo a lo grande, pero a su manera: con un gesto de amor y confianza que nunca habría imaginado.

Una mañana, mientras desayunábamos en la terraza, me entregó una carpeta elegante.

—Quiero que sepas que esto no es solo un símbolo —dijo, mirándome a los ojos—. Quiero que seas parte de todo, que esta empresa sea tan tuya como mía, ahora y siempre.

Dentro estaba el documento de cesión del 30% de las acciones de Helix. Apenas podía creerlo.

—Carlos, esto es... demasiado.

—No. Es justo. Y, además —añadió, sonriendo—, a partir de ahora eres oficialmente la directora de todas las investigaciones. El futuro de Helix lleva tu nombre.

Me temblaban las manos de emoción, de orgullo y de un agradecimiento que no sabía cómo explicar. No solo era amor: era respeto, era confianza absoluta.

En nuestra vida privada, la felicidad era igual de intensa. Decidimos buscar nuestro primer hijo con la misma entrega con la que vivíamos cada cosa juntos: sin prisas, sin presiones, disfrutando del camino, de cada caricia, de cada mirada cómplice al despertarnos. Carlos se volvió aún más tierno, inventando planes para dos, sorprendiéndome con escapadas a pequeños hoteles rurales, cenas a la luz de las velas o conciertos inesperados. No somos derrochadores, no necesitamos lujos, pero sí experiencias. Carlos dice —y yo lo creo— que solo se vive una vez y que, juntos, el tiempo tiene otro sabor.

Una mañana luminosa, ya avanzada la primavera, estábamos en la piscina de casa. El agua reflejaba el sol y Carlos me abrazaba por detrás, juguetón, besándome el cuello mientras reíamos como adolescentes. Sentí que ese era el momento.

—Carlos —le susurré—, tengo que contarte algo.

Sentí cómo su respiración se detenía contra mi piel.

—¿Qué pasa? —preguntó, con voz suave, mirándome a los ojos.

—Vamos a ser padres.

Por un segundo, Carlos quedó en shock, inmóvil. Luego vi cómo la emoción le inundaba la cara: primero, incredulidad; luego, una alegría feroz y pura. Me alzó en brazos, riendo emocionado, girando conmigo en el agua mientras las lágrimas se mezclaban con el cloro y el sol.

—¡Vamos a ser padres! —repetía, una y otra vez, besándome—. No puedo ser más feliz. Gracias, Sira. Gracias por todo, por esto, por la vida.

La noticia llenó la casa y nuestros días de una luz nueva. Cuando se lo dijimos, durante una cena en nuestra casa, Juani, la hermana de Carlos, casi no cabía en sí de alegría. Me abrazó fuerte y me llenó de consejos y recetas. Desde ese instante se comportó como la hermana mayor que nunca tuve, estando pendiente de mi en todo momento. Durante los años de su matrimonio con Carmina, Juani siempre supo que su hermano había renunciado a uno de sus sueños más importantes, el ser padre de una familia numerosa. Ella siempre pensó que no era justo que solo tuviera un hijo;

al fin y al cabo, era él quien cuidaba de Pablo la mayor parte del tiempo. Con los años, Juani vio que su hermano se iba apagando. Su vida profesional despegaba con una fuerza inaudita, mientras que su matrimonio era plano. No veía muestras de cariño entre ellos, y además su hermano permanecía siempre a la sombra. No expresaba sus opiniones y se limitaba a estar presente en la misma estancia cuando se hallaba junto a su mujer. La alegría de sus ojos se había perdido, y Juani temía no volverla a ver.

Por eso, comprendo bien la ilusión de Juani ante nuestro matrimonio, y también su grado de implicación conmigo. Es adorable, y me gustaría mucho que fuera la madrina de nuestro bebé.

A veces, en la quietud de la madrugada, acaricio mi vientre y me asombro de la paz que siento. Miro a Carlos dormir, con las manos abiertas sobre la almohada, y me doy cuenta de que el amor, al final, no era una historia de fuegos artificiales, sino de brasas que arden lento y dan calor en todas las estaciones.

◆ ◆ ◆

Cada mes de junio, desde que Carlos recuerda, la familia se reúne en torno a una barbacoa que se ha convertido en tradición. Pero este año todo es distinto: somos marido y mujer, esperamos un bebé que ya es motivo de bromas y apuestas sobre su nombre y el color de sus ojos, y la familia parece más unida que nunca. Pablo también está presente, compartiendo risas y anécdotas, menos taciturno y más ligero, como si la vida le ofreciera otra oportunidad. Jorge y Clara han llegado juntos. En la fiesta tras nuestro enlace en el Pirineo, finalmente se atrevieron a ser pareja, cerrando el ciclo que se quedó a medias en la boda de Pablo y mía.

El jardín huele a flores blancas, brasas y pan tostado, y el bullicio de las conversaciones se mezcla con el canto de los pájaros y alguna carcajada suelta. Me siento en la mesa larga y, por primera vez, no echo de menos nada: el presente lo ocupa todo.

Durante la fiesta, Juani se me acerca y me susurra al oído:

—Te lo dije. Esta casa iba a volver a llenarse de vida.

Le sonrío, emocionada, y me doy cuenta de que la familia no siempre es la que traemos puesta, sino la que elegimos y la que nos elige.

En medio del jolgorio, Jorge se pone en pie, copa en alto, y sonríe con esa picardía suya:

—Bueno, familia, antes de que el vino haga estragos en la elocuencia, quiero anunciar que Clara y yo... —mira a Clara, que se sonroja y asiente— ¡Nos casamos! Esta vez de verdad.

Los aplausos y abrazos se mezclan con lágrimas de alegría y brindis improvisados.

Al atardecer, me aparto un segundo del bullicio. Observo a Pablo, charlando con Jorge y Clara, y a Carlos, riendo con un primo lejano. Por un instante, imagino a nuestra hija corriendo por el césped, con su risa mezclada con la de los demás. El futuro, pienso, es una promesa abierta que por fin no me da miedo.

Y cuando Carlos me rodea los hombros y me besa la frente, sé que, pase lo que pase, ya no hay soledad posible.

CAPÍTULO 24

Carlos

Creí que nunca llegaría este momento. Soy doblemente padre. Sira ha dado a luz a una preciosa niña después de un parto larguísimo. Hemos podido estar juntos durante todo el proceso, porque el hospital ofrece lo que se llama "habitaciones familiares". Incluso Sira ha podido moverse por la habitación mientras llevaba la epidural puesta; yo ni siquiera sabía que eso era posible.

A pesar de los esfuerzos de la matrona y de que Sira ha ido haciendo los ejercicios que le proponían para facilitar que el parto avanzara, el final ha sido un poco lento, y mi mujer ha acabado agotada. Quince horas después de nuestra llegada al hospital, Carolina ha llegado al mundo.

Mi princesa. Todavía no puedo creerlo. Es tan perfecta...Tres kilos doscientos gramos de amor.

Tiene bastante pelito, rubio y rizado. Ha llorado en cuanto ha nacido, y a mí me temblaban las manos cuando el médico me ha propuesto cortar el cordón umbilical que la unía a Sira.

La han puesto en el regazo de mi mujer, que lloraba y reía a la vez de felicidad.

En cuanto nos han subido a la habitación, he llamado a Juani y a Pablo, que se ha presentado veinte minutos después, y me ha encontrado con su hermana en mis brazos.

Cuando me ha visto con ella, la emoción ha asomado a sus ojos, y se ha acercado para verla, mientras ponía su mano en mi hombro.

—Felicidades, papá. Me alegro mucho, sé que este era uno de tus sueños.

Luego se ha acercado hasta Sira, que acababa de despertarse de una breve cabezada.

Se han mirado con una emoción muy especial, como dos viejos amigos que se alegran de verdad por la felicidad del otro.

—¿Puedo abrazarte, nueva mamá?

—Ya lo creo que sí, Pablo. Ven aquí.

—Seamos sinceros, Carolina es preciosa. Creo que voy a ser un hermano celoso.

Los tres hemos acabado riendo, y eso, después de todo lo que hemos vivido, me ha sonado a gloria.

Juani

Cuando he visto el nombre de Carlos en el móvil, se me ha caído el café con leche que sujetaba en la mano. El desastre que he liado en la cocina me habría puesto de mal humor cualquier otro día, pero hoy..., hoy no.

—Hermanito, ¿ya ha nacido mi sobrina?

—Si, Juani. Ya esta aquí. Es preciosa.

—Me pongo cualquier cosa y vengo corriendo. Casi no he dormido, pensando en que mi pobre cuñada estaba dando a luz. Y yo aquí, que no sé si te voy a perdonar por no haberme dejado quedarme en el hospital, puñetero.

—Va, no te quejes más y ven a conocerla.

Aún no ha colgado el teléfono mi hermano, y yo ya estoy enfundada en mis pantalones negros. La blusa rosa, en homenaje a mi sobrina, me está esperando. Un poco de rímel y de colorete para salir decente en las fotos con la chiquitina, y al coche.

Llego con tanta prisa que no me importa pagar el parking, por una vez y sin que sirva de precedente, que una tiene sus principios. Subo corriendo, poniendo cara de mala gaita a los que salen del ascensor en las plantas inferiores a la de maternidad, y cuando abro la puerta de la 428, la imagen me da de lleno en el corazón. No puedo hacer nada para evitar las lágrimas de emoción que me van a estropear el maquillaje, porque ver a mi hermano (metro noventa de hombre) con su chiquitina en brazos, envuelta en un arrullo rosa... Cómo decirlo... Se me ha fundido el corazón, los plomos y mi dignidad de señora cuarentona.

En ese instante, antes de que pueda reaccionar, miro a la izquierda y me encuentro a Sira y a mi sobrino Pablo, fundidos en un abrazo, y aquí ya no me queda ni un ápice de orgullo. Lloro como si no hubiera un mañana, soy como una fabrica (muy productiva) de lágrimas, mocos y palabras que no llegan a salir de mi garganta de tanta emoción. Mi hermano me mira y también llora y ríe conmigo, y al final decido abrazarlo, y ver a mi niña.

Carolina le han puesto, como a la princesa de Mónaco. Doy fe de que parece una princesa, toda rubita y con el pelito rizado. Vestida con un pijama rosa y envuelta en un arrullo del mismo color... Ay, que me la como a besos.

Yo no doy abasto para tantas emociones. No sé si abrazar a Pablo o a Sira, así que decido que ella se lo merece más, porque ha pasado quince largas horas de parto, la pobre. Me voy hacia su cama, y le cojo la cara con las dos manos:

—Pero ¿cómo puedes estar tan guapa después de un parto tan largo, mi niña? Hay que ver lo preciosa que os ha salido la criatura. El padre es guapo, eso ya lo sé, pero la madre le ha puesto ese punto especial. Os vais a tener que comprar una escopeta para espantar a los moscones en cuanto crezca.

—Ay, Juani, no me hagas reír, que todavía me duele todo —dice Sira, divertida.

—Ya sabes que cuando me pongo nerviosa no paro de hablar, y es que veros a los cuatro me ha dado una emoción que no me puedo controlar.

—Ven aquí, Juani. Mi tía favorita. No te olvides de mi ahora que Carolina ha nacido...—Pablo me abraza mientras se pone zalamero conmigo.

—Y antes de que os deis cuenta os traemos más bebés en camino, yo lo aviso —Carlos interviene muy serio.

—No seas bestia, que tu mujer acaba de dar a luz. Deja que descanse, angelito —le riño, pero sé que le va a costar aguantar la cuarentena sin tocarla. Ahora son como dos adolescentes que no pueden dejar de estar uno encima del otro.

—Papuchi, contente —dice Pablo a su padre, mientras Carlos lo mira con cara de mosqueo y Sira y yo nos partimos de risa.

EPILOGO

Carlos

Sira está preciosa con su vestido azul, del mismo color que el zafiro que luce en el dedo. Juani, a su lado, con un vestido largo en color crema, le pide que le vuelva a pintar los labios, pues con los nervios no para de quitarse el carmín.

Mientras, la niñera intenta contener a Carolina, que quiere empujar la sillita de Víctor. El pequeño duerme tranquilamente tras haberse comido la papilla de fruta, ajeno a todo el jaleo que hay en casa hoy. Carolina es todo un carácter, y no deja de llamarnos por la noche. Sira tiene unas ojeras que no se le quitan ni con una capa espesa de maquillaje, y a veces yo pienso que soy viejo para esto. Pero enseguida aparto ese pensamiento de mi mente, porque soy feliz así.

Mi mujer retoca el maquillaje de Juani, mientras voy a ver a mi sobrino. Lo veo impaciente, ya impecablemente vestido, mientras mira el reloj una y otra vez.

—Joder, Carlos. ¿Es normal estar tan nervioso?

—A tu edad, sí. Luego ya no te sientes tan inseguro.

—No me pienso divorciar, así que no lo sabré.

—Mejor. Tú ya has encontrado a tu media naranja; a mí me costó un poco más.

—¿Un poco, dices? Casi se te pasa el arroz.

—No sé por qué dices eso. Ya ves, tengo tres hijos y el cuarto en camino.

—Ya, pero entre el primero y el segundo casi hay una era glacial. Y Pablo te llama Papuchi.

—No seas tonto. Tuve que esperar a Sira.

—Y parece que no tengáis tele. Menos de tres años de matrimonio y ya vais por el tercer hijo. Voy a tener que hacer una colecta entre la familia para regalaros un televisor, que no veas el ritmo que lleváis. A este paso os darán el premio a la familia más prolífica de la región.

—Mira que eres burro. Si no fueras mi ahijado y no te quisiera tanto, te daría una colleja.

—Soy tu sobrino favorito, Carlos. No puedes negarlo.

—Por eso te quiero pedir que seas el padrino de nuestro tercer bebé.

—¿Me lo dices en serio?

—Pues claro, no se bromea con eso.

—Joder, me vas a hacer llorar. Es el mejor regalo de boda, tío.

Oigo a Sira que se acerca, y me coge del brazo. Es hora de que bajemos al jardín. La novia está a punto de llegar y todos los invitados ya están sentados.

Cuando salgo con ella y veo la decoración que mi mujer ha organizado, empiezo a pensar que tiene una doble vida: decoradora y científica. Parece una escena sacada de una película de Hollywood.

Le doy un beso en esos labios pintados de rojo que me traen loco, casi con dificultad, porque está embarazada de ocho meses y medio y nos viene un campeón. Según el médico, ya pesa tres kilos ochocientos, y parece que es el más grande de los tres —hasta el momento.

Vamos a los asientos que tenemos reservados mientras mi hermana acompaña a su hijo al altar. Mi Juani está preciosa. Si nuestra madre la viera, se sentiría orgullosa de ella. Bueno, y de mí también.

Sira y yo nos sentamos al lado de Pablo y de Susana, su novia. En unos meses ellos también han previsto casarse. Al principio de su relación, cuando vio que la cosa iba en serio, mi hijo tuvo que contarle que había estado casado con Sira. Pasó dos días horrorosos porque le aterraba pensar que Susana tendría celos de mi mujer. No era un temor infundado, porque estuvo saliendo con una chica que lo dejó cuando lo supo.

Cuando nos la presentó, Susana confesó a Sira que lo había pasado mal, pensando mil y una cosas terribles hasta que la conoció en persona. Parece que incluso también ella estuvo a punto de dejar a Pablo. Comprendo que una historia así no es fácil de aceptar.

Pero por suerte, son muy amigas, y diría que casi confidentes, lo que facilita mucho las reuniones familiares. A veces, Pablo y Susana incluso nos hacen de canguros de los niños cuando tenemos que asistir a alguna cena de la empresa, que, dicho sea de paso, ha alcanzado una facturación impresionante. Tendremos que resolver el tema de la internacionalización, pero eso no toca ahora.

Os dejo, que la novia llega del brazo de su padre. Hasta la próxima, que tengo muchas otras cosas que contaros.

P.D.: Si quieres saber cómo le ha ido a Carmina, me soplan que nuestra historia se va a convertir en una saga, y que ella es una de las protagonistas del siguiente libro.

FIN

◆◆◆

Tengo que reconocer que escribir este libro ha hecho que me enamorase de algunos personajes que me han quitado horas de descanso. Pero oye, muy a gusto. No hay nada mejor que las ojeras que te salen porque eres feliz con lo que haces.

Si te ha gustado el universo de Sira y Carlos, el diez de julio de 2027 llega el siguiente libro de la saga,
"Cuando en sueños volé sobre el Mediterraneo".

Te agradezco enormemente que dejes tu opinion sobre mi libro en Amazon, y puedes encontrar mis otras novelas en
Victoria Paraiso Autor Page (Amazon)

@victoriaparaisonovelaromantica, en Instagram

Link AMAZON

AGRADECIMIENTOS

GRACIAS a las lectoras fieles que me leen en cada nueva novela, y a mis expertas y adoradas lectoras beta. Sin su sincero punto de vista, este libro no sería lo mismo.

GRACIAS a mi familia, la de verdad y a la elegida. A esas personas que, estando a mi lado, me han dado el valor de superar cosas que nadie debería vivir. Al fin y a cabo, la vida te pone a prueba muchas veces, y todo ello forma parte de tu fortaleza.

GRACIAS a mis Mujeres Paraíso. Sin ellas, no existirían estas historias. Vosotras os reconoceréis.

Significa mucho para mí vuestro apoyo, y me da la fuerza para crear nuevas historias. Nos vemos en la siguiente.

LIBROS DE ESTE AUTOR

Las Dos Vidas Del Corazón

Después del duelo, solo esperaba sobrevivir.
No enamorarse de alguien que nunca debería formar parte de su nueva vida.

Amó profundamente. Construyó una familia. Creyó que su historia estaba escrita.

Hasta que todo se rompió.

Convertida en viuda de forma inesperada, tendrá que aprender a reconstruirse entre recuerdos, hijos y una convivencia marcada por aquello que se ha perdido... y por todo lo que todavía no se ha dicho.

Porque, en esa nueva vida, hay presencias que no se pueden evitar.
Miradas que empiezan a pesar.
Silencios que dicen demasiado.

Y una línea que nunca debería cruzarse.

A medida que el duelo deja paso a lo que todavía late bajo la superficie, el corazón se enfrenta a la decisión más difícil:
aferrarse al pasado... o aceptar un sentimiento que lo complica todo.

Las dos vidas del corazón es una novela romántica contemporánea de slow burn emocional sobre la pérdida, la familia y esos amores que nacen donde no deberían.

Una historia intensa, delicada y adictiva sobre culpa, deseo y segundas oportunidades.

□ Para lectoras que buscan romances profundos, con tensión emocional creciente y vínculos complejos.

De Amor Y De Leche: Cómo Empezó Todo

Un examen. Una promesa. Una pérdida que lo cambia todo.

Mireia solo tiene una oportunidad para cumplir su sueño: convertirse en médico. Sin el apoyo de su familia, todo depende de una nota imposible en la selectividad.

Lo que no espera es que quien le tienda la mano sea su profesor de biología.

Ni que, en cuestión de días, sus vidas queden unidas por una tragedia imposible de olvidar.

Cuando el destino golpea, Mireia toma una decisión que cambiará su vida para siempre: cuidar de un bebé que ha quedado sin madre… aunque eso signifique cruzar una línea que nunca debería cruzarse.

Vivir juntos. Compartir el dolor. Aprender a reconstruirse.

Y enfrentarse a un vínculo que crece en silencio… y que está prohibido.

Porque hay amores que nacen del caos.
Y decisiones que te obligan a convertirte en la persona que nunca pensaste ser.

□ Un romance intenso, emocional y adictivo sobre el peligro de amar cuando no deberías… y la imposibilidad de resistirse.

Perfecto para lectoras que aman:

Romances prohibidos (profesor–alumna)
Historias intensas y emocionales
Vínculos que nacen del dolor
Sagas familiares que evolucionan con los personajes
Romance contemporáneo con carga realista

Primera entrega de la Saga Amor y Cierzo.

Una historia que no solo explora el amor… sino todo lo que viene después.

Adn, Amor Y Sorpresas: Una Novela De Romance, Secretos Y Decisiones Que Lo Cambian Todo

El amor los unió. La verdad puede separarlos.

La familia que desafió todas las normas sigue creciendo… pero también acumulando secretos.

Cuando el pasado empieza a abrirse paso, nada volverá a ser como antes. Verdades ocultas, decisiones imposibles y relaciones que cruzan líneas peligrosas pondrán a prueba todo lo que creían inquebrantable.

Mientras nuevas historias de amor comienzan a surgir, otras se complican más de lo que deberían. Porque hay vínculos que no se pueden evitar… aunque lo cambien todo.

Y esta vez, las consecuencias serán imprevisibles.

- Secretos familiares que salen a la luz
- Amores intensos y decisiones arriesgadas
- Una saga que crece con cada emoción

Continúa la historia de De amor y de leche.

Porque el amor no termina cuando comienza una familia… solo se vuelve más complejo.

Truenos En El Corazon (Amor Y Cierzo – Libro 3): El Final De La Saga Que Pone A Prueba El Amor, La Lealtad Y Todo Lo Que Creías Seguro

Hay amores que llegan para quedarse. Y otros que lo arrasan todo… antes de desaparecer.

Quien siempre rechazó el amor, se enfrenta ahora a él sin saber cómo sostenerlo. Quien creyó haberlo perdido todo, descubre que la vida puede dar una segunda oportunidad… cuando menos lo espera. Pero amar nunca es sencillo. Menos aún cuando hay heridas abiertas, decisiones pasadas que pesan y sentimientos que llegan a destiempo.

Mientras nuevas vidas llegan al mundo y otras relaciones intentan reconstruirse, el equilibrio es frágil. Porque no todos están preparados para luchar. Porque no todos saben quedarse. Y cuando el pasado irrumpe con fuerza, los límites entre el amor, el orgullo y el miedo pueden romperlo todo.

En este tercer volumen de la saga Amor y Cierzo, todo estalla: Decisiones imposibles. Amores que se transforman. Y un desenlace que no dejará indiferente. Porque a veces amar no consiste en quedarse… sino en saber marcharse.

□ Saga Amor y Cierzo Una serie de romance contemporáneo llena de emociones intensas, vínculos familiares complejos y segundas oportunidades. ✓ Libro 1: De amor y de leche ✓ Libro 2: ADN, amor y cierzo ✓ Libro 3: Truenos en el corazón Empieza desde el principio para vivir la historia completa.

Ideal para lectoras que buscan historias intensas, realistas y emocionalmente adictivas, donde el amor no siempre gana... pero siempre deja huella.

Cuando En Sueños Volé Sobre El Mediterráneo: Una Novela De Segundas Oportunidades, Amor Después Del Divorcio Y Redescubrimiento A Los 49

Carmina, 49 años, un divorcio y demasiadas mentiras a sus espaldas.

Creyó que podía tenerlo todo bajo control.
Pero hay decisiones que no se pueden esconder para siempre...
y cuando el pasado estalla, lo arrasa todo.

Sin marido. Sin rumbo. Y al borde de perder lo que más le importa.

Barcelona se convierte en su única salida: un lugar donde empezar de nuevo, reconstruirse... y enfrentarse a todo lo que ha sido.

Porque a los 49, ya no hay excusas.
Solo verdad.
Solo heridas abiertas.
Y la penúltima oportunidad de volver a sentir.

Una novela romántica contemporánea intensa y adictiva sobre divorcio, segundas oportunidades y la brutal experiencia de aprender a vivir con tus errores.

www.ingramcontent.com/pod-product-compliance
Lightning Source LLC
LaVergne TN
LVHW051005080826
845145LV00009B/2476

* 9 7 8 8 4 0 9 8 6 3 3 8 9 *